SAMUEL MEDINA
AURORA

Copyright © 2022 by Editora Letramento
Copyright © 2022 by Samuel Medina

Diretor Editorial | Gustavo Abreu
Diretor Administrativo | Júnior Gaudereto
Diretor Financeiro | Cláudio Macedo
Logística | Vinícius Santiago
Comunicação e Marketing | Giulia Staar
Assistente de Marketing | Carol Pires
Assistente Editorial | Matteos Moreno e Sarah Júlia Guerra
Designer Editorial | Gustavo Zeferino e Luís Otávio Ferreira
Capa | Sérgio Ricardo
Revisão | Sarah Guerra
Diagramação | Renata Oliveira

Todos os direitos reservados. Não é permitida a reprodução desta obra sem aprovação do Grupo Editorial Letramento.

Dados Internacionais de Catalogação na Publicação (CIP) de acordo com ISBD

M491a	Medina, Samuel
	Aurora / Samuel Medina. - Belo Horizonte, MG : Letramento ; Temporada, 2022.
	90 p. ; 14cm x 21cm.
	ISBN: 978-65-5932-213-8
	1. Literatura infantojuvenil. 2. Fantasia. I. Título.
2022-2834	CDD 028.5
	CDU 82-93

Elaborado por Odilio Hilario Moreira Junior - CRB-8/9949

Índice para catálogo sistemático:
1. Literatura infantojuvenil 028.5
2. Literatura infantojuvenil 82-93

Rua Magnólia, 1086 | Bairro Caiçara
Belo Horizonte, Minas Gerais | CEP 30770-020
Telefone 31 3327-5771

TEMPORADA
é o selo de novos autores do
Grupo Editorial Letramento

editoraletramento.com.br • contato@editoraletramento.com.br • editoracasadodireito.com

Para Pam, com carinho.

SUMÁRIO

- 9 — **NEM MEIO, NEM FIM, MAS O COMEÇO**
- 22 — **REFLEXOS DO AZUL**
- 39 — **FORA DO AR**
- 46 — **UM POUCO DO QUE A GENTE PRECISA**
- 49 — **BUSCA**
- 54 — **UM POUCO DO NADA**
- 57 — **O ABSURDO**
- 72 — **ALÉM DOS OLHOS**
- 80 — **CÉU ABAIXO**
- 86 — **MUNDO PERDIDO**

NEM MEIO, NEM FIM, MAS O COMEÇO

"There was an awful rainbow once in heaven:/ We know her woof, her texture; she is givenIn the dull catalogue of common things."

John Keats

Essa é a parte mais difícil, começar uma história. Eu realmente não sei como fazer isso. Ainda mais agora, com tão pouca coisa que eu possa usar para escrever. Só consegui trazer alguns cadernos, uma caneta e um lápis. Sempre gostei mais de caneta e ainda gosto, mas acho que a tinta vai acabar antes que eu consiga contar tudo. Então vou passar para o lápis que é bem pior pra se escrever. E ainda nem sei como vou conseguir apontar essa porcaria. Mesmo assim, acho que tenho que escrever. Depois de um tempo, ninguém mais vai lembrar de qualquer coisa, já que ninguém tem tempo nem de conversar. A gente tem que caçar, achar abrigo, correr o tempo todo, tomar cuidado com os animais da mata. Só quando chove muito, como nestes dias, é que sobra tempo para respirar e conversar. Só que ninguém quer conversar, todo mundo fica sentado, abraçando os joelhos, com a cara perdida e suspirando. É triste e insuportável. E pensar que não tem nem dois anos que começou tudo.

Eu estou gastando tinta e nem comecei a contar de verdade o que aconteceu. É difícil e acho que a tinta vai acabar e eu ainda vou estar reclamando. Ah, não estou nem aí. Deixei de me importar. Se me importasse, nem começava. Quero só matar o tempo. Eu não tenho ninguém para conversar, nem o Wedge.

Sinto saudade do Wedge.

Está chovendo faz cinco dias, sem parar. A gente conseguiu comida, algumas frutas e muitas castanhas esquisitas e sem gosto. Pelo menos dá pra enganar a fome e água não é problema.

De tudo que sinto falta é a música. Sinto muita falta mesmo... Beirute, Maroon 5, Franz Ferdinand, Simphony X, Legião Urbana, Skank... Cara, até Funk eu ouviria se pudesse...

De novo eu estou perdendo tempo com bobeira, no lugar de dizer tudo o que aconteceu. Ainda que seja difícil começar do começo.

Foi há um ano, eu acho, quando tudo começou a acabar. Todo mundo dizia essas coisas do Calendário Maia. Aí lembravam do Nostradamus. Vinham os crentes e falavam do Apocalipse. Na real, era legal ficar brincando disso, a gente via como na televisão, nos jornais, no *Twitter*, todo mundo falava a mesma coisa. Provavelmente até no *Facebook*, mas eu sempre detestei *Facebook*; *Instagram*, então, nem passava perto.... Todo mundo estava esperando o final de cada ano, ou chegar a data que a nova teoria da conspiração anunciava, mas ninguém se tocava que o mundo estava mesmo acabando. Eu muito menos.

Naquele tempo eu ainda tinha um amigo, o Wedge. Bem, na verdade seu nome era Francisco, mas ele gostava de se chamar de Wedge, que era o nome de um grande piloto de caça, amigo do Luke, de *Star Wars*. Sempre foi um cara meio estranho, mas eu gostava pra caramba dele. Era o maior CDF do colégio, sempre com notas boas em Matemática, sempre animado, sonhando, entusiasmado. A galera toda ficava zoando o Wedge, Ele tinha os olhos bem grandes, um cabelo muito preto e liso e óculos enormes. Outras pessoas o chamavam de Cabeça Grávida, ou só Cabeça. Isso ele detestava.

Tinha também outro cara no nosso grupo, se é que posso dizer assim. Ele era o Mauro. Bem, o Mauro era um cara diferente da gente. Tinha roupas legais, um cabelo louro encaracolado e olhos verdes. E o maldito tinha sardas. As meninas o chamavam de "anjinho". Ele sempre estava com uma garota, nunca por muito tempo.

Nem sei por que o Mauro andava com a gente, tinha muita gente mais interessante. Mas a verdade é que ele não falava muito, era meio calado. Eu também não era de falar, sempre gostei muito de ler e escrever. Por isso, a cada ano tinha uma agenda nova onde escrevia tudo que dava na telha: poema, trecho de notícias, até algum *tweet* que achei legal. Não mostrava para ninguém, lógico. Nem para o Wedge.

E por falar nele, ainda que todo mundo da escola (menos nós) caçoasse dele, Wedge era sempre alegre. Falava mais do que eu e o Mauro juntos. O Wedge não parava de contar histórias de qualquer coisa que ele amasse. Podia ser um game, um anime, um filme, sei lá. Só livro que o Wedge não gostava. Quer dizer, não gostava de literatura. Ele adorava coisas como astronomia, matemática e tecnologia. Acho que ele era mesmo um Cabeção...

Wedge também era meio de fora. Ele era carioca, mesmo quase não tendo sotaque. Viajava para o Rio sempre que podia, até duas vezes por ano, se desse. E sempre voltava pra Belo Horizonte branco do mesmo jeito. A gente zoava ele, dizia que devia pegar mais sol. Wedge então respondia irritado, perguntando se eu gostaria que falasse da minha cor. Só o Wedge podia falar assim comigo e por isso eu deixava passar e levava na brincadeira. E então ele contava sobre as novidades, o que tinha feito no Rio de Janeiro. Sempre tinha alguma coisa legal, como um evento de Anime ou RPG. O Wedge sabia tudo de RPG.

Essa era outra coisa que a gente curtia muito. Costumávamos jogar RPG depois da aula, nós três. O Wedge era ótimo mestre, mesmo que muitas vezes começasse ou terminasse com as mesmas narrativas. E seus personagens eram meio parecidos. Mesmo assim, a gente se divertia pra caramba, jogando. Até o Mauro, que não era um deslocado como nós dois, gostava de jogar.

Sempre que a aula acabava, nós saíamos do colégio, comíamos um lanche ainda no centro da cidade e tomávamos rumo do Parque Municipal, onde escolhíamos um lugar sossegado pro nosso jogo. Fazíamos isso desde o sexto ano, antes até que o Mauro se juntasse a nós, mesmo que um RPG com só um jogador mais o mestre acabe ficando meio monótono.

Lá pelo oitavo ano, o Mauro apareceu. A gente tinha inventado uma história de aventura com um dragão e um anel, que eu havia sugerido para o Wedge por causa da história dos nibelungos. Todo mundo pensou que era por causa daqueles livros, *O Senhor dos Anéis* e tal, e por isso um monte de gente se interessou. Outros garotos passaram a jogar com a gente, o Alberto, o Rômulo e o Jorge, além de duas meninas, a Paula e a Larissa. A aventura durou quase um ano e foi muito legal. Acho até que a Larissa estava começando a aceitar conversar comigo numa boa.

Só que teve um lance chato, uma notícia no jornal que detonou o RPG e os pais da galera meio que proibiram eles de continuar jogando. O negócio esfriou e todo mundo saiu, só eu, o Mauro e o Wedge continuamos jogando fielmente.

Foi mais ou menos nesse tempo que a gente viu que o Mauro era amigo de verdade, mesmo daquele jeito meio calado. A viu que ele era um cara tranquilo, por isso não foi difícil aceitá-lo. Sem falar que o Mauro tinha um *Play Station 4* e um *Xbox One*. Ele costumava nos chamar para visitar sua casa de vez em quando. Eu também tinha um Play, mas não tantos jogos quanto o Mauro.

Continuamos com as sessões de RPG, mas resolvemos mudar para a Praça da Liberdade. O nosso grupo teve altos e baixos. De vez enquanto alguém começava a participar, ficava alguns meses, mas logo desanimava.

Não sei se foi o RPG, que a gente levava a sério demais, ou até o videogame. Podem ter sido os dois. Tinha essa história toda do fim do mundo, além das notícias de guerra, da crise, catástrofes, aquecimento global... Os professores aproveitavam essas notícias para encher ainda mais nossa cabeça com o papo de que não teria mais água no mundo, que a superpopulação da terra provocaria uma crise no fornecimento de alimentos, essas coisas. No final, a crise não foi por causa da superpopulação. Ou talvez tenha sido, não entendo muito dessas coisas. Na verdade, ninguém entende.

A nossa escola era um colégio estadual grande que ficava do lado do Parque Municipal. Chamava-se Instituto de Educação e era enorme. Quando eu tinha meus dez anos, gostava de andar pelos corredores, imaginando que estava num labirinto, ou entre os muros de um castelo medieval. Eu ainda não conhecia o Wedge naquela época e por isso brincava a maior parte do tempo sozinho.

O Instituto era uma escola grande pra caramba. Dava para ficar perdido lá. E ainda tinham as histórias assombradas. Histórias de salas fechadas há anos, até um corredor sem acesso. Entre os alunos, o único motivo para alguém interditar um corredor era uma assombração.

Ao lembrar disso, bate uma saudade de tudo aquilo! Eu nem imaginava que tinha só mais aquele ano para curtir o Instituto. Eu tinha quinze anos e estava entrando no ensino médio, deslumbrado com tudo. Eu tinha passado minha infância toda no Instituto, mas agora ele parecia ter uma outra dimensão. Eu estava me sentindo quase como um dos vestibulandos do terceiro ano.

O Wedge parecia mais deslumbrado com outras coisas. Ele havia descoberto os joguinhos do *Facebook* e isso quase acabou com a nossa amizade. Nosso trio teria acabado mesmo, se eu e o Mauro não tivéssemos nos unido para colocar um pouco de conteúdo na cabeça do Wedge.

Mas tudo começou a ficar estranho mesmo quando o Mauro apareceu com um jogo novo.

Era uma quinta-feira de setembro. Estávamos na aula do professor Oscar, mas ninguém prestava muita atenção. Acho que a causa era o jeito estranho do professor, com aqueles olhos saltados e um andar de pato manco. A gente acabava prestando mais atenção na esquisitice dele que na aula mesmo.

Ele não era muito velho, parecia ter uns trinta e cinco anos. Usava sempre a mesma jaqueta de couro, podia estar fazendo o maior sol. Mas engraçado mesmo era ver a cara dele quando alguém fazia uma pergunta.

Naquele dia a aula era sobre refração.

— A refração é o fenômeno em que a luz, ao passar por um refratário, se decompõe em espectros. Alguém poderia dizer qual o nome popular desse fenômeno? Como ele é popularmente conhecido?

— Os treze fantasmas? Espíritos? — gritou alguém do fundão.

— Muito engraçada essa piada, senhor Maciel. Isso é nome de filme barato.

— Ô, fessô, hoje qualquer filme é barato, 2 por 5 no camelô — avisou outro aluno.

— Por filme barato me refiro àqueles de qualidade duvidosa, er...

Foi aí que o professor se tocou que estavam zoando com a cara dele e ficou vermelho, arregalou ainda mais os olhos e o pessoal já não aguentava mais segurar o riso. Tinha gente que se dobrava de tanto rir. Eu nem achei graça, até mesmo porque o professor era um cara legal. Ele nunca reclamava e sempre tratava todo mundo igual, como adulto. O professor pigarreou, depois continuou falando, como se nada tivesse acontecido.

— Na refração, a luz se decompõe em espectros, cada um numa frequência diferente. Sempre numa ordem certa de cores. Esse fenômeno sempre foi comumente chamado de arco-íris. Agora, é importante vocês notarem que existem métodos para que se lembre essa sequência. Um dos métodos é a mnemônica, que é a associação de algo fácil de lembrar com a informação que desejamos preservar. No caso das cores do arco-íris, usamos a frase "Vermelho lá vai violeta".

Quase ninguém mais prestava atenção.

Wedge estava em seu lugar de sempre, atrás de mim. Assim eu podia conversar com ele sempre que quisesse.

Mauro, que sentava do meu lado direito, tocou meu ombro.

— Véi, tô com um jogo novo lá em casa. Cê tem que ver que doidera.

— Qual console? — sussurrou Wedge, inclinando-se para a frente.

— Não é console — respondeu Mauro — É um jogo pra PC.

— A gente pode ir pra sua casa então depois da aula — sugeri — Lanchonete?

— Fechou — respondeu Mauro.

— Wedge?

— Tá... pode ser.

Notei que o Wedge parecia meio sombrio. Devia ser por causa das coisas que rolavam na casa dele. Sabia que ele ia me comentar se sentisse vontade, por isso não falei mais nada. Voltei a atenção para o professor Oscar, ou melhor, meio que voltei, porque não dava para ouvir o que ele falava, já que todo mundo tava conversando junto. Já era perto do intervalo e logo a sirene tocou.

— Revisão da matéria de óptica na semana que vem! — tentou avisar o professor, por cima da cabeça da galera. — Vou deixar como tarefa para a próxima aula um ensaio sobre as cores do arco-íris. Os senhores já dispõem de duas cores, basta encontrar as outras cinco.

Metade da turma já tinha saído da sala. O professor suspirou e reuniu seus objetos. Esperamos que ele saísse. Pô, o pessoal podia ter levado mais a sério algumas pessoas e o professor Oscar era uma delas.

Descemos para o refeitório, eu e o Wedge. Mauro se separou de nós, já que não curtia a comida e preferia comprar salgado e refrigerante com o dinheiro que recebia todo o dia dos pais. O Wedge tava muito mais calado que o costume e por isso a gente comeu em silêncio. Larissa e Paula passaram perto da nossa mesa, mas nenhuma delas virou-se para olhar. Eu também fingi que nem conhecia as duas.

Depois que comemos, fomos até a quadra de futsal, onde encontramos o Mauro. Ficamos encostados no muro, olhando a galera jogar bola. O Wedge parecia estar em outro planeta, com as mãos nos bolsos. Pedi para o Mauro contar sobre o jogo, mais para distrair.

— Eu ainda não entendi a história — disse ele. — Parece que a gente tem que percorrer um labirinto e encontrar objetos que se combinam e contam uma história. Cada objeto é um quebra-cabeça e se combina com o objeto anterior, virando uma outra coisa.

— Tem algum monstro pra matar? — perguntei.

— Até agora, não encontrei nenhum. Só umas armadilhas. Morri em todas. Agora tô agarrado em uma parte muito chata. Às vezes cês conseguem passar.

O Wedge, nada. Olhei para ele e dei um soco em seu ombro.

— Ai! — gritou ele. — Que isso!?

— Tá ouvindo a gente? — perguntei. — Vamos pra casa do Mauro mesmo?

— Hum-hum.

— Ou, vê se não fura, Wedge — avisou o Mauro. — Espera a gente, não vai andando na frente como cê costuma fazer.

A sirene tocou e tivemos que voltar pra aula. Nos outros horários, nem lembrei mais do jogo, por causa da aula de História, que eu adorava. Nem lembrei mais da cara esquisita do Wedge. Eu já conhecia os problemas dele, só queria que ele soubesse que podia contar comigo, sempre que quisesse.

Depois das aulas, subimos direto pro apê do Mauro, que fica — ou melhor, ficava — na Santa Rita Durão. Ele morava bem, até hoje não entendo por que não fazia escola particular. Subimos pelo elevador até o décimo andar e entramos no 1004. Não tinha ninguém em casa, já que a mãe do Mauro, divorciada, trabalhava fora. Ele entrou e foi largando sua mochila no sofá.

— Fica à vontade, galera.

Eu e o Wedge continuamos com nossas mochilas até entrarmos no quarto completamente bagunçado do Mauro. Deixei minha mochila perto da porta, enquanto o Wedge simplesmente derrubou a sua no meio das coisas do Mauro. Mesmo com aquela confusão toda, a gente tava deslumbrado com as miniaturas que ocupavam as prateleiras espalhadas por toda a parede.

Enquanto isso, o dono do quarto se acomodava na poltrona e ligava o computador. Do lado da CPU, tinha uma embalagem de DVD com uma capa estranha, um padrão complicado de riscos azulados formava o título: "Lazulum – The Labyrinth of Truth". Mauro retirou o DVD e inseriu-o no computador.

O jogo carregou rapidamente. Na imagem de abertura, um narrador contava sobre uma pedra azul que caíra do céu e sua descoberta mudaria o mundo. A história então seguia um monge copista medieval, que por acaso encontrava um esconderijo na biblioteca do mosteiro onde vivia. Esse esconderijo era a entrada de um labirinto cheio de armadilhas, que levavam até uma outra biblioteca, contendo livros proibidos.

Em destaque, havia um mapa que dizia sobre o "Caminho das Sete Privações", que levaria à verdade que a Igreja por tanto tempo tentara esconder. O monge então seguia as pistas desse mapa, sempre em busca de templos abandonados com armadilhas mortais e quebra-cabeças. Em cada labirinto o monge tinha que encontrar um objeto metálico, que também era uma charada e que dava as pistas para o próximo labirinto. Esse objeto podia ser um cálice, uma adaga, uma estatueta ou até um livro, mas todos eram chamados de Tomos.

O jogo era mesmo difícil. A gente tinha que guiar esse tal monge por diversas armadilhas e provas. Logo o Wedge pareceu entusiasmado, pois ele curtia muito quebra-cabeças. O desafio nos fascinava, ainda que não tivéssemos monstros ou coisas do tipo.

Estávamos tão empolgados no jogo que não percebemos o tempo passar. Era o terceiro labirinto quando eu olhei pela janela e percebi que escurecia.

— Caras, a gente tá ferrado — declarei.

— Putz — realçou Mauro. — Nem vi o tempo passar.

— O que a gente faz? — perguntou o Wedge. — A gente tem que zerar esse jogo, hoje!

— Não dá, pessoal — avisou o Mauro. — Minha mãe logo chega aí e vai ficar fula se descobrir que não fiz o dever de casa. Amanhã a gente continua.

— Amanhã é dia do RPG — lembrei.

O Wedge parecia desapontado.

— Amanhã é sexta — ele disse. — A gente pode jogar os dois.

— Minha mãe me mata se vocês tão pensando em passar a noite jogando isso.

— E o sábado? — Wedge insistiu.

Ele parecia exasperado. Era como se ele precisasse zerar o jogo imediatamente. Pensei que era coisa da minha cabeça e bati no ombro dele.

— É verdade, cara. E seus pais devem estar preocupados. Vam'bora.

Era difícil. Até eu tinha ficado fascinado pelo jogo, por mais estranho que ele parecesse.

— E se você emprestar pra gente? — sugeriu Wedge.

— Nem pensar, pessoal. Eu quero que a gente zere o jogo como uma equipe.

Eu e o Wedge acabamos concordando. Além disso, Mauro era dono do jogo. Descemos o elevador e saímos do prédio. Eu ia seguir meu caminho para a Praça da Liberdade, onde pegaria o ônibus, quando o Wedge, que parecia sem jeito, pediu:

— Arthur, posso ficar na sua casa?

— Uai, Wedge, pode — respondi.

Foi então que eu lembrei que era quinta-feira, dia em que havia culto evangélico na casa do Wedge e ele preferia não participar, já que não concordava com tudo aquilo. Ainda que os pais dele tivessem tentado enfiar a religião na cabeça dele, Wedge nunca levou muito a sério. Ou talvez levasse a sério demais.

Wedge foi lá para casa. Eu morava no bairro Cidade Nova, com meus pais. Minha irmã mais velha, Letícia, fazia Direito na USP. A gente não se falava muito, nem quando ela vinha pra BH. Depois que arrumou um namorado lá em São Paulo, suas visitas eram ainda mais raras. A casa então ficava toda para mim e meus pais eram legais. Eles nunca reclamavam quando o Wedge ficava lá em casa e até mentiam para os pais dele, que eram muito evangélicos. Meus pais não ligavam para a religião e eu também não. O Wedge não curtia esse lance de igreja evangélica, mas era obrigado a ir, ficava o final de semana todo nos cultos, era obrigado a decorar passagens da Bíblia, a ficar ouvindo os pastores falando e falando. Ele nunca foi muito de acreditar, nem quando era bem pequeno. Ele não acreditava em Papai Noel, Coelho da Páscoa, essas coisas, também porque a família dele nem comemorava esses feriados, dizendo que eram pagãos. Quando ele me contou isso, eu ainda nem sabia o que significava "pagão".

— É tudo que não é cristão — ele tinha respondeu.

Isso tinha acontecido quando a gente ainda era do sétimo ano. Estávamos no Parque Municipal, perto do maior lago, olhando as pessoas passeando de bote. A aula tinha acabado mais cedo por causa das provas de final de ano. Eu do nada perguntei o que ele ia ganhar de Natal. Foi assim que fiquei sabendo que Wedge nunca teve um Natal.

— Mas como é pagão se comemora justamente o nascimento de Cristo? — perguntei, confuso.

— Ah, cara, não me pergunta coisa difícil.

Dei de ombros, mas depois perguntei:

— Então cê nunca teve um presente de Natal?

— Minha avó, mãe do meu pai, tentou me mandar presente uma vez, mas não deu certo.

— Por quê?

— Ah, minha mãe descobriu, contou pro meu pai e ele levou o presente pro pastor da igreja. Nem deu pra brincar com ele.

— E o que era?

— Uma espada de plástico. No domingo seguinte, o pastor pregou sobre o perigo dos brinquedos como "brecha para o diabo".

— Brecha? Que isso?

— Melhor cê nem saber...

Wedge sempre falou dessas coisas com uma apatia desinteressada. Mudei de assunto.

— E o RPG?

— Tô pensando em mudar de sistema. Cê prefere Lobisomem Apocalipse ou Vampiro, a Máscara?

A gente entrou numa discussão, pois eu preferia os lobisomens, enquanto o Wedge sempre gostou dos vampiros. No final, ficamos com Gurps, comigo bolando a história e o Wedge cuidando das regras. A cabeça do Wedge era tão calibrada que ele era muito bom em regras. Acho que ele teria sido um ótimo jurista, ou um físico nuclear. A vida dele se resumia em matemática, vivia dizendo que os números eram a única verdade do mundo. Cara... Agora eu percebo que até hoje não entendo o que ele queria dizer.

Naquela noite, depois da gente ter jogado o estranho game do Mauro, fomos para minha casa. Meus pais estavam pra São Paulo, e por isso ficamos até tarde no computador, assistindo animes. Eu tinha também a coleção completa das Guerras Clones, mas a gente já tinha assistido umas dez vezes. Sempre que o Wedge queria assistir algum anime, ou escutar qualquer música que não fosse evangélica, ele ia para minha casa. Os pais dele nem podiam imaginar...

Já era quase uma da manhã quando o desliguei o computador. O Wedge ficou olhando para a tela desligada. Perguntei o que ele tinha.

— Tava pensando naquele jogo – respondeu ele. — O que o monge tava procurando? Para que enfrentar labirintos e armadilhas? Ainda mais um monge...

— Curiosidade? — arrisquei.

— Cê já encontrou alguém curioso, assim? Não tô falando de gente fofoqueira, tô falando daqueles que querem entender como o mundo funciona de verdade, entende? Gente que duvida até das notícias de jornal, que só acredita vendo...

— Não são muitas as pessoas que desconfiam de tudo, mas não daria pra viver assim — contestei. — Tem um monte de coisas que a gente acredita sem ver. Imagina se a gente precisasse dar a volta na Terra só pra confirmar se ela é redonda...

— Isso mesmo! Acho que as pessoas não acreditam de verdade, acho que elas tão só fingindo que acreditam, só pra não precisarem pensar demais e escolher em que acreditar.

— Véi, cê tem umas ideias muito doidas...

Encerrei o assunto porque tava morto de sono. O Wedge foi para o quarto que era da minha irmã. Ele sempre dormia lá quando ficava na minha casa. Quando as coisas ficavam muito ruins com seus pais, ele ficava até um final de semana com a gente. Meus pais sempre foram bacanas, sempre...

Na manhã seguinte, depois da escola, fomos para a casa do Mauro. O Wedge tava fissurado em continuar o jogo.

A gente ficou de cara quando vimos que o jogo não tava salvo. Tínhamos que começar do zero! Pensei em desistir, mas o Wedge tinha adorado as charadas. A gente então decidiu dividir as tarefas: eu ficava com a tarefa de atravessar o labirinto e as armadilhas, enquanto o Wedge resolvia os enigmas. Mauro só assistia.

REFLEXOS DO AZUL

*"Sê o que vem e o que vai./ Sem forma./ Sem termo./
Como uma grande luz difusa./ Filha de nenhum sol."*

Cântico XV, Cecília Meireles

Posso começar hoje dizendo do que tenho falta. milkshake de ovomaltine, anéis de cebola, x-tudo daqueles *trailers* de chapa bem gordurosa. Sinto falta do chocolate, da música, mas principalmente dos livros. Nunca mais vou poder segurar em minhas mãos um livro da Ana Martins Marques, ou do Mia Couto, ou da Chimamanda. Nunca vou poder planejar ler Shakespeare, porque não existe um texto dele aqui.

Dentre os sobreviventes, tem uma pessoa que fala português, a Camila. Ela trouxe uma Bíblia, que costumo ler de vez em quando, mas só as histórias, nada daquela falação de pecado e coisa e tal. Tenho preguiça, acho que a causa era a família do Wedge mesmo.

Agora nem sei mais como continuar a contar tudo o que aconteceu. Deixa eu lembrar... A gente estava tentando passar aquelas fases havia duas semanas. Mesmo sem poder salvar o jogo, mesmo com os quebra-cabeças mudando a cada novo acesso, estávamos fascinados.

Era sexta-feira e a mãe de Mauro tinha saído com o namorado. Meus pais estavam em São Paulo, visitando minha irmã, e os pais do Wedge achavam que ele estava na minha casa. Ficamos horas diante do computador, sem comer, ligados, tentando vencer cada desafio. Era viciante. E quando chegamos ao último enigma, já era manhã de sábado.

Nunca duvidei da inteligência do Wedge, mas naquele dia eu descobri que ele era um gênio. Eu estava do lado dele, ajudando em alguns dos quebra-cabeças, mas ele fez a maior parte do trabalho. A gente nem conseguia acreditar que tinha chegado ao final em pouco mais de doze horas.

E lá estava o protagonista, o monge, diante de um portão onde ele encaixou o artefato que era a combinação de todos os enigmas anteriores. O portão se abriu e... nada aconteceu.

Ficamos observando a tela lentamente ganhar uma gradação azul, até que a imagem do jogo desapareceu, dando lugar a um fundo azul. Alguns segundos depois a tela do sistema operacional retornou.

— Não acredito que deu pau no jogo! — exclamou Mauro.

— Caraca! — foi minha vez de exclamar.

Nenhum de nós acreditava que aquele jogo tinha travado justamente na última tela! E até o Wedge tava desanimado em começar de novo. Suspirei.

— Então é isso, galera — falei. — Vou para casa, dormir. Falou...

Wedge parecia desligadão. O choque tinha sido demais para ele. Eu e Mauro, meio de brincadeira, pegamos ele pelos braços e o levamos até a cozinha. Tinha refrigerante e sanduíches para a gente. Depois de nós três tomarmos o café da manhã em silêncio, ainda meio chocados com o esforço perdido, eu e o Wedge descemos para a rua. Nós andaríamos até perto do Parque Municipal, onde nos separaríamos.

— Sabe... — começou o Wedge, de repente.

— O quê?

— Nada...

Ele desceu a rua da Bahia, pra Caetés, enquanto eu fiquei lá na Tamoios, onde esperei o ônibus. Fiquei parado perto do abrigo do ponto. Tinha pouca gente comigo e eu sabia que o ônibus ia demorar. Tava morto de sono, completamente quebrado. Senti de repente minha nuca formigar. Olhei para o lado e vi um fio de luz azul saindo de não sei onde, mas projetando-se em uma pequena faixa na parede, justamente onde duas lojas se encontravam. Era mais como se algo refletisse essa luz azul. Parecia aqueles raios de sol que furam as nuvens de um dia nublado, mas azulado, um negócio fascinante.

As outras duas pessoas no ponto não pareciam notar a luz azul, ou não davam importância para isso. Cheguei bem perto, para observar melhor. Era como se a luz fosse mais forte que os raios do sol, a ponto de chamar minha atenção. Impressionado, estendi a mão para a luz azul e a toquei.

Meu estômago deu uma guinada, quando eu vi que tinha sido lançado ao alto em segundos. Dei um berro quando eu vi a calçada e a rua lá embaixo, cercada de prédios, como se eu estivesse observando tudo através do *Google Maps*. Era tudo tão pequeno e nítido! Devia estar sonhando ou sei lá o quê.

Senti vertigem quando pensei que ia cair até virar patê no meio da calçada, mas então meu corpo foi lançado para a direita, enquanto eu passava voando por entre os prédios, mas sem controle. E lentamente a paisagem foi ficando chapada, como se eu olhasse a cidade através da tela de um computador. Meu corpo começou a girar, ou era a tela, não sei dizer, mas então um monte de outras telas começaram a me cercar, como canais de televisão. Em cada tela havia uma paisagem diferente. Passava tudo tão rápido que eu não conseguia reconhecer qualquer uma das paisagens que me circundavam. Eu só sentia que elas tinham alguma coisa a ver comigo.

Não tem como dizer quanto tempo passou. Tipo, foi um lance muito rápido, durou menos de cinco minutos quando eu olhei o relógio. Só que a visão pareceu ter levado horas.

Quando me toquei, eu tava sentado no chão, olhando igual idiota as pernas dos passantes. Uma dona chegou meio sem jeito perto de mim e estendeu a palma da mão.

— Toma, meu filho — e me deu uma moeda de um Real.

Eu ainda tava meio fora do ar e quando vi o que tinha rolado, levantei rápido, batendo no jeans pra sacudir a poeira imaginária. Eu não tava sujo assim, então acho que foi minha cara que assustou a velha.

O meu ônibus demorou pra caramba até passar. Cheguei em casa hiper tarde, mas como meus pais nem tavam lá, então fiquei de boa. Mas ainda tava nervoso com o que aconteceu, sentia o corpo pesado e resolvi tomar um banho e descansar.

Depois do banho, entrei no meu quarto e fechei as cortinas, pois a claridade me incomodava. Deitei na cama e fechei os olhos, mas então percebi que o sono não vinha, eu tava ligadão. Fiquei com os olhos fechados até sentir por trás das pálpebras uma claridade, como se alguém tivesse acendido a luz do quarto. Abri os olhos e vi que num canto, perto da mesa de computador, brotava o raio de luz azul. Brotava lá do alto, no cantinho do teto, descendo até o chão.

Eu me levantei da cama e fiquei olhando para aquela luz por muito tempo. Não dava para tirar o olho e a vontade de novamente tocar aquele tênue raio azul era muito forte. E de novo estendi o dedo.

A viagem foi até mais forte. Meu quarto sumiu na distância, enquanto eu viajava por cima das casas do Cidade Nova. Ao longe eu via o centro de Belo Horizonte e bem depois, a Serra do Curral. Logo eu meio que comecei a sair da paisagem, que ficou plana, como da primeira vez, e de novo eu vi várias paisagens passando por mim como telas de tv. Só que essa viagem durou muito mais, eu via coisas que pareciam ter acontecido há muito tempo. Vi castelos, cidades cheias de gente, uma torre enorme, as pirâmides, dinossauros, navios numa tempestade, mais um monte de coisa que nem dá para lembrar direito, porque algumas cenas eu não conseguia entender. Simplesmente não podia, e ainda não posso descrever tudo que passava diante de mim.

Além das telas havia um fundo preto, como um céu sem estrelas, e nesse breu todo desenhava-se um planeta enorme, de um azul profundo e agressivo, como uma imensa bola de gude. Fui envolvido pelo som de um enorme estardalhaço, como se todos os pratos do mundo fossem quebrados naquele momento, e logo depois eu acordei.

a loucura que todo mundo tem em comum

"De navegações, um só naufrágio

em que pouco do mundo se salvara.

Talvez, por título: 'cuidado, frágil,

um garimpo sem qualquer pedra rara'."
Viavasta, Iacyr Anderson Freitas.

Conheci o Wedge no quinto ano, quando ele ainda não era o cara cheio neuras que mais tarde se tornaria.

Eu estudava no turno da tarde, lá no Instituto. A gente tava no meio do ano, acho. Na verdade, eu não lembro muito bem e ainda sufoca quando penso no Wedge, mesmo que pareça frescura.

Engraçado que antes de tudo, eu nunca tinha pensado em ter um diário. De escrever eu sempre gostei e acho que ainda gosto, se bem que o que eu estou escrevendo não é mesmo um diário. Só pensei nisso porque é menina que gosta de colocar seus sentimentos assim, sobre tristeza e sufoco no peito. Se os caras lá do Instituto lessem isso iam colar na minha pele até não poder mais... Putz... Colar na pele... Acho que não foi bom colocar assim desse jeito, eu acabei lembrando daquele absurdo todo, dos gritos desesperados, da loucura. Mas eu estou adiantando, misturando os fatos. É esquisito chamar essas coisas de "fatos", o absurdo todo que aconteceu. Palavra engraçada essa, "absurdo". Faz pensar que ela soa como uma coisa que nunca pode ser alcançada, totalmente isolada. Acho que o absurdo somos todos nós, que restamos.

E também as pessoas eram absurdas, só o Wedge que não. Era o cara mais cabeça que eu conheci. Ele tinha neuras porque não aceitava o absurdo do mundo. E volto até aquele dia em que eu vi pela primeira vez o cara que seria meu melhor amigo pra vida inteira. Ele chegou e tava chovendo. Ou não, já que era quase meio do ano. Mas acho que fazia frio.

De repente, tinha aquele menino magro e de óculos gigantes sentado perto da porta. Fazia cara daqueles imigrantes de filme americano. Não conversamos na primeira semana, mas um dia eu tava lendo no intervalo. De repente percebi o garoto novo sentado ao meu lado.

— Eu não gosto muito de ler — ouvi ele dizer.

— Quê? — Perguntei.

— Disse que não gosto muito de ler.

— Ah...

— Mas queria saber se esse livro é bom.

Eu tava com uma edição horrível de um dos livros da série "Star King", do Jack Vance. Naquela época, eu já era fissurado por ficção científica. Lógico que era por causa de Star Wars. Eu já tinha lido o Isaac Asimov e o H.G. Wells e um monte de outros caras que quase ninguém conhecia.

— Mais ou menos — respondi, com cuidado.

Com algumas palavras resumi o que tinha lido. Logo a gente percebeu que tinha o gosto parecido. Quando ele soube que eu gostava de Star Wars, ficou maluco. Naquele dia, conversamos o recreio inteiro e no dia seguinte a gente arranjou de sentar perto um do outro.

Foi o Wedge que me apresentou o RPG. A gente jogava sempre que podia e nossa amizade ficou cada vez mais forte, e até meus pais gostavam dele. Eu nunca fui bom em Matemática, mas nunca tomei bomba, porque o Wedge me passava cola. Em História, eu é que ajudava ele. A gente nunca passou de ano com nota ruim. Só quando tentamos o Cefet e o Coltec que fomos desmascarados. Nosso sonho era fazer Informática e começar uma empresa de games. Eu como roteirista e ele na programação. O Mauro brincava que ia entrar com o dinheiro.

Na manhã do domingo depois daquela viagem maluca, acordei com o corpo todo dolorido. Meus pais iam chegar na segunda e eu me perguntava se ia sobreviver até lá. Eu achava que aquilo que eu tive era algum tipo de delírio e que logo eu teria que fazer exames que revelariam um tumor ou aneurisma. Ou então eu tinha endoidado de vez e seria internado em algum hospício. Eu estava tão nervoso que nem ouvi o telefone tocando há um tempão. Corri para atender.

— Alô?

— Oi, Arthur, sou eu — era a voz do Wedge. — Como é que cê tá?

— Er... bem, por quê?

— Por nada...

— Que foi, Wedge?

— É aconteceu alguma coisa estranha com você?

— Estranha como?

— Esquece.

— Não, Wedge, me fala o que foi.

— É que eu não posso falar muito. Furei a igreja porque tô meio doente, mas meus pais logo vão chegar.

— Tá bom, cara, aconteceu mesmo um trem estranho. Pareceu uma alucinação, sei lá...

— Pô, aconteceu contigo também! Tu viu um lance estranho, tipo pareceu que tu não tava em lugar nenhum?

— Isso.

— A gente tem que ir no Mauro, cara.

— Pra quê, Wedge?

— Tu não entende? E se ele também teve essa coisa?

— Vou começar a acreditar que nós fomos envenenados.

Silêncio.

— Tu pensa isso?

— Sei lá, Wedge, eu não sei te dizer. Eu só quero descansar.

— Tranquilo — a voz pareceu desapontada.

— A gente se vê amanhã na aula então?

— Certo, certo.

Desliguei e voltei para o quarto. Eu me sentia muito perdido, pensando que tava louco e tal, mas o telefonema do Wedge me dizia que ele talvez estivesse passando pelos mesmos problemas. Só que não é fácil para ninguém admitir que é anormal, mesmo pro melhor amigo.

Decidi ficar na cama o domingo inteiro, sentindo meu corpo ainda muito estranho. Liguei a televisão, mas a imagem parecia brilhante demais, tive que desligar logo, porque meus olhos doíam com a luminosidade. Não suportei a tela do computador também. Queria apagar, mergulhar no vazio, num sono sem sonhos. De alguma forma, eu tinha medo daquela visão que tive, temia a imagem daquele enorme planeta azul. E o meu medo impediu meu sono e eu sentia enjoo e tontura, estava completamente sem lugar.

Na noite de domingo, meus pais chegaram de São Paulo. Eles estavam bem tranquilos, alegres mesmo, tinham comprado um livro que a gente não achava em BH de jeito nenhum. Eu nem consegui fingir entusiasmo com o livro e meus pais perguntaram o que tinha acontecido, se era alguma coisa na escola que não ia bem e tal, mas eu tentei sorrir e disse que não tinha nada, que eu estava legal, só um pouco gripado.

Minha mãe era sempre a mais preocupada comigo. Não que meu pai não ligasse, mas ele era meio pastel, meio sonhador. Meu pai era professor de Sociologia, sempre pensando em problemas bem maiores que ele. Por isso, quem cuidava da casa de verdade sempre tinha sido minha mãe. Ela era arquiteta, mas tinha também outro curso superior, tinha um monte de coisa, na verdade. Tinha época que ela viajava para dar alguma palestra ou coisa assim, mas só topava quando estava tudo legal lá em casa e na escola, e mesmo quando viajava, ela falava comigo quase toda noite, queria saber o que eu tinha feito no dia, essas coisas. Meu pai era mais na dele, mas ele nunca ficou desligado com minha mãe, eu até ficava meio sem jeito, quando os dois namoravam. Ele sempre foi doido por ela e os dois foram apaixonados até o fim.

Quando eu falei com minha mãe que não estava me sentindo bem, logo ela falou de hospital, mas exagero não é muito da minha mãe e quando ela viu que eu não estava com febre, só me mandou mais cedo pra cama. E fiquei rolando a noite inteira, sem deixar de pensar na tal da luz azul e naquelas coisas todas que eu vi, mesmo sem querer, e sem poder esquecer.

Agora eu fico lembrando e relembrando, não consigo parar de lembrar e às vezes eu acho que tento escrever para tirar todas as lembranças de mim. E não posso chorar, nem falar para a Camila que tenho saudades dos cuidados da minha mãe e do jeito desligadão do meu pai que logo ela vai começar a falar de novo aquele negócio de arrebatamento e salvação e Nova Jerusalém.

Algumas noites atrás, ela tentou pregar para algumas pessoas do nosso grupo, mas ninguém se entende, só alguns que cochicham entre si, mas também não parecem muito animados para conversar, muito menos para rezar. E eu não quero rezar de jeito nenhum, já que se tivesse alguém para ouvir nossas orações, não teria acontecido o que aconteceu.

Uma coisa que eu nunca vou entender é se o jogo tem a ver com tudo, já que foi assim que as luzes entraram na vida da gente. Porque depois daquele final de semana, na manhã da segunda, cheguei perto do Wedge e ele parecia tão destruído quanto eu. O Mauro tinha faltado por motivo de doença, segundo a professora Sônia, de Português. Na hora do intervalo, nos olhamos por um tempo, antes de falarmos qualquer coisa.

— Então rolou o mesmo lance com você? — perguntou ele.

— Que lance, Wedge?

— Pô, Arthur, tu tá de sacanagem comigo. Tu sabe do que tô falando porque tua cara tá um bagaço. Me conta como foi.

— Eu tinha acabado de chegar no ponto da Tamoios. Vi uma coisa esquisita, uma luz...

— Era azul? — cortou o Wedge.

— Era...

— Comigo foi a mesma coisa... Também teve as visões? As imagens esquisitas, como de vários filmes?

— Foi assim mesmo, Wedge — minha voz tremeu. —Será que a gente tá doente?

— Cara, acho que é uma mensagem. Tu chegou a falar com o Mauro?

— Não... E você?

— Liguei para casa dele logo depois que tinha te ligado. A mãe do Mauro que atendeu, disse que ele não tava bem e tal...

— A gente tem que saber como ele tá. Eu acho que no mínimo deve estar tão chocado quanto eu, achando que é algum tipo de doença, sei lá... Será que a gente ficou louco, Wedge?

— Calma, cara. Acho que não. Eu realmente acredito que é uma mensagem.

— Menagem de quem? — eu tava angustiado mesmo.

— Não sei, Arthur, não sei. Acho que é um tipo de aviso. Tu não notou que nas telas passava um monte de coisa que parecia ser da história?

— Você acha então que aquelas cenas eram parte de um aviso...

— Acredito, cara. Ou tu prefere que seja só loucura? Liga pro Mauro aí.

— Tá...

A gente podia levar celular pro Instituto, desde que ninguém ficasse usando o aparelho na sala. Tirei o meu do silencioso e liguei pro número do Mauro. O celular dele só caía na caixa postal. Olhei para o Wedge e balancei a cabeça, explicando o que tava pegando. Decidimos dar um pulo na casa dele depois da aula.

Tocamos a campainha e quem atendeu foi a mãe do Mauro.

— Meninos! Como estão? Vieram ver o Maurinho? Que bonitinho... Entrem, entrem!

Eu e o Wedge entramos, só que meio acanhados com a moça. Era estranho, a mãe do Mauro era bonitona ainda, bem nova, devia ter uns trinta anos. Tinha os olhos claros e os cabelos encaracolados, ajeitados num jeito que fazia a gente não querer parar de olhar. E o jeito dela fazia com que a gente ficasse ainda mais sem graça.

Nós sentamos no sofá, enquanto ela oferecia coca-cola. O Wedge adorava, mas eu preferia guaraná, que também tinha. Enquanto a Dona Irene saía para arranjar a bebida, o Mauro apareceu, ainda de pijama e branco que nem papel.

— E aí, caras... — disse ele.

Conversamos um pouco com o Mauro, contando o que tava rolando com a gente. De repente, a mãe dele chegou e nós tivemos que mudar de assunto. Foi aí que eu notei que a Dona Irene tava toda arrumada.

— Meninos, vou ter que sair por causa de um compromisso — disse ela. — Vocês ficam de olho no Maurinho para mim? Acho que volto umas seis da tarde.

— Pode deixar, Irene — respondeu Wedge, erguendo a voz um pouco mais que o normal.

– Vocês são uns amores! – disse ela, depois de dar um beijo no filho. — Comporte-se, viu, Maurinho? Te vejo à noite. Beijinho...

Nós três ficamos olhando a mãe do "Maurinho" sair do apartamento. De repente, o Mauro deu um soco no braço do Wedge.

— Que foi!? Tá maluco?

— Maluco tá você, secando minha mãe desse jeito.

— Sai fora Mauro! Tu tá maluco mesmo, eu nem olhei pra tua mãe.

— Não olhou? Cê tava quase babando! E ainda falou "Irene", assim como se ela fosse sua chegada...

– Caras, vamos ter foco aqui – cortei a discussão deles. — Temos que descobrir o que tá rolando com a gente, já que todos tivemos o mesmo lance.

— As visões — disse Wedge, sombriamente.

— É, as visões... — concordei.

— Velhos, o que eu faço? — Mauro suspirou. — Se minha mãe descobrir que eu fiquei doido, ela vai me matar...

— E a gente ainda vai ficar a vida inteira num hospício – completei.

— Ninguém aqui vai morrer ou ir para o hospício — declarou Wedge. — A gente tem que investigar que coisa é essa, descobrir o que tá pegando de verdade. A vida é lógica, então deve ter algo que causou isso.

Ficamos em silêncio por um tempo. O Mauro se levantou e foi buscar uma coca, enquanto eu olhava para o meu refrigerante e sentia engulhos. O Wedge já tinha acabado a sua coca e tinha pedido mais. Parecia tranquilo demais, até empolgado.

Hoje eu entendo o que ele devia sentir, depois de ter pensado bastante. Durante muitos dias, não senti nada além de revolta, descrença e medo. Principalmente medo, meu maior companheiro durante toda esse lance maluco, essa coisa medonha. Eu senti medo desde o início. O Wedge não, nunca duvidou. Acreditava demais em sua lógica.

Quando o Mauro voltou, começamos a pensar em teorias para o que tava acontecendo. Eu acreditava que as visões podiam ser coincidência, que tínhamos que procurar um médico. Wedge continuava insistindo que só podia ser coisa de aviso, de que havia algo além do que podíamos esperar, algo ou alguém interessado em avisar para a gente sobre a terra e o mundo.

— Cê tá doido, Wedge — disse o Mauro. — Acho que a gente tá doido. Essa é uma treta sinistra, que começou logo depois do jogo...

— A gente não tá doido coisa nenhuma – Wedge parecia ter muita certeza disso. — Se fosse maluquice pura, não dava pra gente ver as mesmas coisas, não tem lógica.

— Nada disso tem lógica, caramba! — gritei.

Os dois se calaram, assustados, e olharam para mim. Eu tava arfando e só percebi naquela hora. Devia ser um ataque de pânico, sei lá. O Mauro parecia ainda mais assustado.

— Velhos, desculpem, mas eu tô uma pilha — justifiquei. — Eu não sei o que pensar, o que fazer. Você, Wedge, tá sugerindo que é um tipo de aviso, sei lá, uma mensagem. De quem então? De Deus?

— Não tem nada a ver com Deus —— respondeu ele, quase raivoso.

Eu sabia que Wedge ia reagir assim, já que ele sempre considerou a existência de Deus como uma desculpa das pessoas que não tinham coragem de pensar.

— Não tem nada a ver com Deus – repetiu Wedge. — Acho que essa mensagem vem de uma existência inteligente e superior, que quer nos avisar alguma coisa importante. Cês lembram daquele filme, *2012*?

— Sim, lembro, mas e daí?

— E se tiver alguma coisa a ver com o tal Calendário Maia?

— Cê pirou, Wedge? Tá começando a acreditar nessa história do calendário? Logo você, que se acha tão lógico? Além disso, 2012 já passou faz um tempão!

— Tu não precisa me zoar, Arthur. Ou tu tem alguma ideia melhor?

Até aquele momento, o Mauro tinha ficado calado, só escutando nossa conversa. Do nada, ele falou:

— Eu concordo com o Wedge.

— O quê?

— É, deve ser isso que o Wedge falou. Deve ser um aviso.

— Mas que aviso, caras? Não tinha sentido nenhum, era um monte de cenas!

— Pode ser algum código — sugeriu Wedge. – A gente só precisa descobrir um padrão, sei lá.

— Cês tão doidos, definitivamente... Ah, eu também.

Resolvemos encerrar a conversa, já que teorias não iam nos levar a lugar nenhum. Eu queria ir para casa, pensar sozinho em tudo. O pior é que a gente ainda tinha um monte de tarefas da escola para resolver e isso estava me deixando maluco. Quem ia conseguir estudar em uma situação como essa? E se o Wedge tivesse razão? As ideias dele tinham furos, claro. Quero dizer, ele estava excluindo a existência de Deus e eu acho que o maior medo dele era que isso tivesse alguma coisa a ver com Deus, mesmo. Poxa, para mim era a única coisa que fazia um certo sentido e eu nunca fui religioso, nem de rezar, nem de ir à missa, mesmo tendo feito essas coisas de primeira comunhão e tudo.

Eu fui para casa e o Wedge foi pra dele. Eu achava que ele devia estar chateado comigo, já que eu não concordava com as teorias dele. Só que antes da gente tomar caminhos diferentes, ele se virou e deu um sorriso:

— Valeu, mano — disse ele.

— Pelo quê?

— Por ser meu amigo. Eu tô feliz que não preciso passar por esse lance sozinho. Tu tá comigo nessa e eu fico feliz. O Mauro também tá, mas eu te conheço há muito mais tempo...

Fiquei olhando para ele, meio sem jeito. Poxa, pensar nisso é ruim pra caramba, ainda mais quando eu lembro como o Wedge contava comigo. Eu tentava de tudo para ajudar, mas acho que o que eu fazia era pouco, perto da barra que ele passava com as coisas de religião dos pais dele e todo o resto.

— Wedge, cê tá me agradecendo, mas eu não tô ajudando em nada — falei.

— Tu não precisa ajudar, Arthur. Tu é meu irmão, cara.

— Valeu, véi. Té mais.

— Falou.

Nos separamos e eu estava com o peito apertado, sentindo ainda mais medo, porque agora eu não temia só por mim, mas também pelos meus amigos.

A gente continuou como se nada tivesse acontecido, mas não dava para negar. A coisa da luz azul continuou rolando. Podia ser em qualquer lugar, qualquer hora. Do nada, surgia aquele fio de luz e era quase impossível deixar de tocá-lo. A viagem era cada vez mais vívida, real, além de durar mais tempo. Quero dizer, durante a experiência, pois quando a gente voltava, parecia que não tinha passado nem um minuto.

Descobrimos que o "fenômeno" acontecia com os três no mesmo momento. Onde quer que a gente estivesse, mesmo que bem longe uns dos outros. No dia seguinte, ficávamos sabendo que todos tinham passado pelo mesmo lance.

Em alguns momentos, eu simplesmente ignorava essa luz. Dava as costas e andava depressa para longe. Nem sempre dava para fazer isso, mas eu consegui algumas vezes. Depois, quando me encontrava com o Wedge e o Mauro, se contava que não tinha feito a viagem, os dois olhavam para mim com cara feia. Não chegavam a reclamar, mas parecia que eles me achavam um traidor. Pô, até o Wedge parecia me acusar em silêncio.

Apesar disso, eu continuava com medo, tentando evitar a luz. O pior é que eu assumo que gostava do lance que sentia. A viagem era melhor que qualquer brinquedo de parque de diversões que eu conhecesse. Era uma coisa de outro mundo, sério. Só que não deixava de dar medo pra caramba.

Começamos a usar a reunião do RPG para conversar sobre a luz azul e as viagens. Nos encontrávamos na casa do Mauro ou na minha casa e ficávamos pesquisando na internet se havia mais gente passando pela mesma coisa. Descobrimos alguns blogs em inglês onde as pessoas descreviam experiências que se pareciam com as nossas. E todas elas comentavam que tinham também começado com um jogo que, embora fosse diferente do nosso, tinha algumas semelhanças, como os quebra-cabeças e a sensação viciante.

Fizemos pesquisas sobre o nosso jogo e sobre os outros também. Ainda assim, não conseguimos descobrir nada sobre os fabricantes e distribuidores. Era como se as pistas sobre os realizadores desses jogos dessem numa trilha sem saída. O Wedge começou a ficar ainda mais empolgado com esse tom meio de conspiração. Eu simplesmente não conseguia acompanhar a empolgação dele. Pô, eu sei que o cara tinha uns lances ruins em casa e tudo, mas não é motivo pra fugir da realidade e eu achava que a gente só estava fazendo isso: fugindo.

Eu não queria fugir, mas também não queria entender o que rolava. Só queria que parasse, só que tudo estava longe de parar, a coisa ia ficar ainda mais complicada.

Um dia, durante o intervalo, eu estava lá num dos banheiros do Instituto, desligadão. Tipo, estava com a cabeça totalmente vazia, não pensava em nada mesmo, acho que por causa da semana de provas, que estava chegando. Então me toquei que estava com a torneira aberta e me apressei a fechá-la. Foi quando eu olhei pelo espelho e percebi que tinha uma luz atravessando de cima a baixo a janela que ficava sobre o mictório. Achei estranho, pois não era um fio de luz azul, mas vermelha. Tinha os mesmos efeitos da outra luz, mas além da cor diferente, eu também não sentia nenhuma vontade louca de tocá-la. Mesmo assim, eu estranhei, porque não deixava de ser um negócio estranho, uma luz vermelha que não ilumina.

Foi quando um outro cara entrou no banheiro. Um cara do segundo ano, que eu não conhecia. Ele me ignorou e foi direto para o mictório que estava debaixo de onde a luz vermelha brotava. Ele percebeu que eu estava olhando e fez uma careta de desgosto, enquanto se virava de costas. Eu tinha certeza de que ele tinha roçado a aura vermelha com a cabeça, mas nem ligou. Fiquei me perguntando o que aconteceria se eu tocasse a luz no lugar dele, mas senti uma repulsa tão grande que saí correndo.

FORA DO AR

"Step from the road to the sea to the sky/
And I do believe what we rely on/
When I lay it on come get to play it on/
All my life to sacrifice."

Snow, Red Hot Chili Peppers.

"É o fim do mundo como o conhecemos", como o Stipe da R.E.M. costumava cantar. Bem que todo mundo devia ter percebido os sinais, quando essa banda acabou. Só podia ser isso. Agora a gente está aqui, totalmente sozinho, catando os pedaços. Eu estou um pouco cansado e sempre que estou cansado fico meio rabugento. Se bem que no final eu posso dizer qualquer coisa mesmo, posso ser bem rabugento mesmo, já que ninguém vai ler, nunca mais.

Nessa caverna, apesar da vida ser meio de comunidade, ninguém se mete na vida um do outro. Tipo, meio que todo mundo sabe que tem um papel a desempenhar, ainda mais agora, que parou de chover. Como eu não sou lá muito forte, por exemplo, sei que é meio que minha função arranjar lenha e catar frutas, essas coisas. Os caras maiores ficam na parte da caça. Tem um japonês que é duas vezes mais alto que eu e três vezes mais largo. Acho que ele fazia MMA ou algum outro tipo de artes marciais. Caladão, ele sai e volta sempre com algum bicho. Parece coisa de samurai. E a cada minuto faço questão de me lembrar de que não devo chegar muito perto dele, ficar no caminho.

A Camila é a maior inútil do grupo, não faz nada a não ser ficar lendo aquela Bíblia, que eu já estou começando a ficar com vontade de queimar. Uma noite eu acho que vou fazer isso, vou esperar ela dormir e jogo aquela Bíblia na fogueira.

Não estou nem aí... Bom que ela começa a perceber tudo ao redor, que ninguém quer pensar mais nessa coisa de religião. Eu tenho certeza de que entre os sobreviventes tem um monte de gente que tinha suas próprias religiões e devem estar tão desconsolados quanto ela.

Cheguei na sala de aula arfando. Eu estava assustado com aquela luz. Era uma coisa diferente, eu senti uma espécie de repulsa, no lugar da atração que a luz azul tinha causado antes. Eu sabia que, ao tocá-la, não ia sentir nada agradável, era um palpite. Quando apareci na porta da sala, todo mundo já estava lá e eu me deparei com mais de trinta pares de olhos me encarando com curiosidade. Até Wedge e Mauro.

Pigarrei, meio sem graça, depois andei até a minha mesa. O professor Vieira já estava chegando, para a aula de Literatura. Wedge me cutucou. Cochichei para ele:

— Agora não, Wedge, eu gosto dessa aula, deixa eu prestar atenção.

— O que aconteceu com você no fim do intervalo? Tu tava com cara de doido.

— Eu tô doido, esqueceu?

O professor Vieira pediu silêncio. Ele era já meio velho, muito grande e magro, um pouco encurvado. A pele negra contrastava com a barba branca. Era o cara mais legal do Instituto, pelo menos eu achava, principalmente por causa da aula dele, sempre diferente e muito legal. Todo mundo que conhecia o professor Vieira de cara pensava que ele devia ser nervosão e severo, mas era só aparência. Ele era um homem que amava dar aula e que todo mundo respeitava. Nunca vi o professor gritar por silêncio. De repente já estava todo mundo calado, prestando atenção. E levou um tempo para eu descobrir por quê.

— Bom dia, turma — saudou o professor —, hoje vamos falar de poesia contemporânea e os movimentos marginais. Alguém pode dizer o que seria um movimento marginal?

Todo mundo fez cara estranha, meio sem entender os as palavras que ele usou. O Felipe Godinho, que a gente gostava de chamar de Felipe "Gordinho", levantou a mão.

— Fessô, marginal não é bandido?

— Não, Felipe, felizmente essa palavra não se aplica só a bandidos. Marginal significa "à margem", ou seja, algo que não é aceito pelas elites, algo que poderíamos dizer que é deixado de lado, ou de fora. Muitos grandes poetas brasileiros buscaram a experimentação através de técnicas alternativas para a publicação de seus poemas. Dessa forma, foram até mais inventivos que os modernistas, que já abordamos aqui. Mas antes de tudo, vou apresentar para vocês essa moça linda, chamada Ana Cristina César.

E o professor retirou de sua pasta uma foto enorme dando destaque ao rosto de uma garota. Ela era realmente linda, alguns dos caras da sala até assoviaram.

— Essa moça, pessoal, foi um dos grandes nomes da poesia marginal.

Pronto, o pessoal começou a ficar interessado. O professor continuou contando sobre a vida da Ana Cristina César, enquanto recitava alguns de seus poemas. De Ana Cristina César, ele passou para Paulo Leminski, falando também sobre seus haikais. Na sala não se ouvia um som sequer, por dois horários seguidos. Ninguém pedia nem para ir ao banheiro. A magia foi quebrada apenas com a sirene que marcava o final da aula.

O professor reuniu suas coisas e agradeceu a todos a atenção, anunciando quando seria o próximo teste. Ele também avisou que as provas finais estavam chegando e por isso era pra todo mundo estudar porque ele não ia dar moleza pra ninguém.

Todo mundo começou a deixar a sala, seguindo o professor, mas eu continuei quieto. Wedge parou do meu lado direito e o Mauro do esquerdo.

— Agora tu vai falar pra nós o que tá pegando? — perguntou Wedge.

Contei para eles o lance da luz vermelha. Os dois pediram para que eu fosse ao banheiro, que mostrasse para eles onde tinha surgido a luz, mas quando chegamos lá, não havia luz nenhuma.

— Cê tem certeza que essa luz apareceu aqui? — perguntou o Mauro. — Dessa vez pode ter sido, sei lá, uma alucinação...

— É... – concordei. — Acho que foi isso, uma alucinação mesmo. Vambora.

— Não acho que foi alucinação — disse o Wedge.

— E por que não? – perguntei.

— Porque tu não tá doido. Simples. Deve ter algum sentido. Amanhã a gente volta aqui e examina de novo.

Eu não gostei da ideia, mas concordei. O Wedge estava obcecado, então o que eu podia fazer?

No dia seguinte, marcamos de ir direto para o banheiro. Não havia nada diferente lá. Os dois pareciam bem desapontados. Tentei esconder meu alívio fingindo desapontamento junto com eles. Nós três voltamos para sala antes que a aula começasse. O clima estava bem esquisito entre a gente. Eu começava a achar que meus dois amigos estavam afundando de cabeça naquela doideira.

A gente passou as duas primeiras aulas sem trocar uma palavra, mas também sem prestar atenção a qualquer matéria. Eu já tinha certeza de que ia afundar mesmo.

No intervalo, eu subi para o refeitório, sozinho. A merenda era especial aquele dia, ia ser estrogonofe. Se eu soubesse que seria minha última vez, teria procurado comer ainda mais.

Eu estava acabando meu segundo prato, porque as tias da merenda sempre me deixavam repetir, já que eu nunca desperdicei comida, quando o Wedge chegou com o Mauro de reboque. Nenhum dos dois prestou atenção no cardápio especial, que estava uma realmente uma delícia.

— Tu tem que ver isso, Arthur — disse o Wedge. — É um lance muito doido, viagem mesmo.

— É verdade, cara – concordou o Mauro. — Não dá nem para explicar o que rola, cê tem que experimentar pra saber...

— Do que cês tão falando?

— Pô, Artur, da luz vermelha, claro — o Wedge parecia meio desapontado. — Vamo lá pra você ver isso.

— Ah, então ela apareceu?

— Foi. Parece que ela aparece sempre no mesmo lugar e horário.

— Deixa para lá, então, eu não quero mexer mais com isso.

— Arthur, a coisa da luz vermelha é muito diferente da azul — retrucou o Mauro. — Eu também tava com medo, mas o Wedge me mostrou como funciona.

— Galera, não força, eu não quero mexer mais com isso, já disse, caramba!

Os dois se calaram e eu percebi que estávamos quase aos gritos, por conta do barulho infernal que fazia no refeitório.

— Pensei que a gente ia fazer tudo junto... — murmurou o Wedge.

Acho que ele tinha falado tão baixo porque pensou que ninguém escutaria, mas eu escutei sim e pensei em todas as coisas que a gente tinha feito, em quanto tempo nos conhecíamos e nas dificuldades que cada um superou com a ajuda do outro. Eu já nem estava mais com vontade de acabar meu prato. Engoli as duas últimas colheradas de estrogonofe e me levantei. Levei o prato para o balcão e falei com meus amigos:

— Vamo, galera, quero ver o que cês viram.

O rosto do Wedge iluminou-se. Nós três saímos do refeitório e fomos em direção ao banheiro. Meu coração batia mais apressado a cada momento que nos aproximávamos do banheiro. Quando entramos, meu pescoço começou a formigar. Lá estava o raio de luz, atravessando o mesmo ponto na parede do banheiro. Hesitei e lancei um olhar temeroso aos meus amigos. Wedge assentiu, encorajando-me a continuar. Estendi debilmente a mão rumo ao fio de luz. E ao tocá-lo, aconteceu.

Eu esperava que tudo se repetisse, que as telas surgissem, com aquelas cenas que deviam ser do passado ou coisa assim, mas eu não notei nada diferente, além da luz vermelha agora me envolver completamente, tipo, tudo agora tinha um tom avermelhado. Eu estava me sentindo um pouco estranho, mas tirando isso, não havia nada demais, só uma leve tonteira.

O Wedge deve ter percebido que eu estava confuso e por isso chegou perto e me puxou pelo braço, me levando até o espelho do banheiro. Aí o horror começou. Eu olhava para o meu rosto e via-o se distorcer, ficar maior, como se inchasse. As minhas bochechas se estendiam, meu queixo descia ou então encolhia até desaparecer. Meu cabelo parecia crescer, ficar cada vez mais cheio e arrepiado, num enorme *black power*, para então se dividir no meio, ou então em três, quatro partes. Eu via minha boca se contorcer e tentava gritar, mas som nenhum saía. Parecia que meus pés já não tocavam direito o chão, já que a tontura estava cada vez mais forte. Olhei ao redor e não consegui distinguir meus amigos, estava tudo muito embaralhado, só conseguia ver meu rosto daquele jeito bizarro.

Quando voltei a mim, estava coberto de suor e eu tinha botado o estrogonofe todo pra fora. O Mauro e o Wedge estavam me observando da porta do banheiro. Eles queriam evitar que qualquer pessoa chegasse lá na hora errada.

— E então? — perguntou Mauro. — Mó viagem, né?

— É mesmo... — consegui dizer, depois de um acesso de tosse.

Wedge se aproximou de mim e pôs a mão no meu ombro. Os dois me ampararam até que chegamos ao pátio e nos assentamos em um dos bancos do Instituto.

— Calma, mano... vai passar.

— Cê tá doido, Wedge. Aliás, cês dois tão doidos. Eu não quero mais mexer com isso, cê não entende?

— Véi, como assim não mexer mais? — retrucou ele. — Isso é a única coisa de verdade que a gente tem em comum.

— Única coisa? Pô, Wedge, e o RPG? E os games? E nossas conversas? Cara, cê tá fora da realidade. Essa coisa não é legal, a gente tinha que descobrir era como fazer isso parar.

— Pois eu não quero que pare, Arthur! Nem eu, nem o Mauro queremos. Desculpa, véi, o RPG e os games sempre foram legais, mas essa viagem das luzes é a única coisa real na minha vida. Tu é meu amigão e por isso eu preciso que tu esteja comigo. A gente precisa da tua cabeça pra descobrir o que é isso, e pra dar uma força, não pra tentar evitar. Mano, isso é inevitável. E eu acho que minha lógica e tua imaginação podem dar um jeito de organizar essas coisas. Acho que é algum tipo de poder que a gente tem.

A sirene soou, marcando o fim do intervalo. Wedge pareceu contrariado com a interrupção da conversa, mas suspirou.

— Tá bom, não vou mais te forçar, mano. Mas acho que tu tá enganado. Essa coisa que tá rolando com a gente é algo fino, algo transcendental, saca? Algum tipo de mensagem que a gente não tá conseguindo decifrar. É como se o jogo continuasse.

— Agora não, Wedge – cortei. — Não vamos falar do jogo agora. A gente tem que voltar pra aula.

E foi o que fizemos. Eu estava muito abalado. Aquela luz vermelha me envolveu e de alguma forma me "mudou". Não sei como, nem por quê. Sei que foi totalmente diferente que as primeiras experiências. Antes, era como se eu saísse do meu corpo, passeando por diversos cenários. Dessa vez, tinha sido um lance de dentro, como se meu corpo estivesse tentando "me espremer" para fora. Fiquei fora do ar, totalmente aloprado. E agora achava que as coisas nunca mais voltariam ao seu lugar. Nisso eu não podia estar tão certo.

UM POUCO DO QUE A GENTE PRECISA

"Entre areia, sol e grama/ O que se esquiva se dá, enquanto a falta que ama/ procura alguém que não há."

A falta que ama, Carlos Drummond de Andrade

Nem consegui prestar atenção no resto da aula. Saí da escola, ignorando meus dois amigos, e tomei rumo de casa. Ao chegar, fui direto para o meu quarto. Queria um pouco de paz. Meus pais estavam trabalhando e eu nem pensava na ideia de conversar com eles. Queria ajuda, mas achava que eles podiam me achar doido, querer me internar, coisa e tal. Eu nem estava mais conversando direito com eles, como fazia antes de terem começado as luzes. E o pior é que de vez em quando dava uma vontade danada de contar tudo para os dois. Pensando nisso tudo, senti uma vontade regaçada de chorar, mas me segurei, mesmo estando sozinho.

E de repente eu ouvi um tipo de barulho. Bem, não foi mesmo um barulho ou coisa assim, mas como se eu sentisse uma vibração. Como daquelas vezes em que a gente está dentro da água e sente uma onda mínima quando alguém mexe na superfície lá longe. Eu sentia uma coisa parecida e estava constante, mas agradável. Era uma coisa que mexia dentro de mim e me dava uma paz incrível. Eu estava um caco, pelo menos minha cabeça estava, e de repente eu sentia essa onda gostosa. Pensei que só podia ser algo bom.

Levantei-me e cheguei até a janela. A gente morava num apê que ficava num prédio pequeno, de quatro andares, sem elevador ou porteiro, mas com um jardim bacana. O nosso apartamento ficava no primeiro andar. Minha janela dava para o jardim e, sem saber até hoje como explicar, eu sabia que aquela sensação boa só podia partir de lá.

Cheguei até minha janela e fiquei surpreso quando me deparei com outro raio de luz, mas que não era como as outras. Era de um tom verde, atravessando as pequenas árvores que ficavam perto da grade de ferro que cercava o jardim. Subi na janela e pulei para fora. Eu estava sem camisa, descalço, só de calça jeans. A luz passava pelos galhos das árvores, mas eles não a bloqueavam. Aproximei-me como pude, meio que sentindo dúvida e também desejando muito tocar naquela luz. Eu de alguma forma, sei lá, de alguma maneira sentia que aquela luz não ia me machucar, que era parte do que é certo na vida, do que tem um sentido além do sentido, e que ia me ajudar.

Toquei nos fios da luz verde que inundava a sombra de uma das árvores do jardim. Nesse momento, fui cercado pelo cheiro de terra, aquela terra preta e boa, cheia de bichos invisíveis, vivendo e fazendo a vida brotar. Senti como se meus pés estivessem enterrados no chão e de dentro para fora parecia que água minava. Eu estava totalmente refrescado e essa sensação lavou toda a minha angústia. Eu estava curado da confusão, e melhor ainda: não pensava em nada. Mesmo se eu quisesse, não conseguiria!

Eu queria ter ficado para sempre daquele jeito, naquela sensação meio de planta. Era bom demais! Só que de repente parou, eu estava de novo sendo eu mesmo, descalço e sem camisa, olhando para algumas árvores inertes. Fiquei triste pra caramba. Até aquele momento, só tinha sentido confusão e medo. Agora, era a primeira vez que alguma coisa boa de verdade me envolvia. Eu começava a desconfiar que as luzes podiam ser uma coisa boa. Bem, pelo menos uma delas podia ser.

O problema foi que, logo que eu voltei do delírio, eu estava completamente sozinho e perdido de novo. Queria voltar a sentir aquela coisa refrescando meu peito e esvaziando minha cabeça. Só que eu não sabia se aquilo ia acontecer novamente. Só me restava esperar.

Voltei pra dentro de casa e resolvi tentar por mim mesmo fazer a mesma coisa que a luz verde tinha feito e por isso decidi não ficar mais pensando nessas coisas. Liguei o computador, joguei um pouco, li também, assisti alguns animes legais. Já era quase vinte da noite quando minha mãe chegou.

— Arthur! — chamou ela. — Você está em casa, filho?

— Tô no quarto, Mamãe — respondi. — No computador.

— Vem cá, fazendo o favor.

Pensei que podia ser bronca ou coisa assim e por isso tentei me lembrar de tudo de errado que eu tinha feito. Não era lá muita coisa. Cheguei na cozinha e fiquei surpreso com o que ela tinha nas mãos. Uma travessa com uma torta de bis! Fiquei superemocionado. Minha mãe sorriu e disse:

— Resolvi fazer uma surpresa, pra ver se você ficava menos preocupado...

Puxa, meus olhos se encheram de água. Então ela tinha percebido que eu não ia bem. Minha mãe era demais.

E a cada dia que eu relembro tudo, fica mais forte a certeza de que ela tinha que estar aqui. Minha mãe sempre ia saber o que fazer. Meu pai também, mas minha mãe era um verdadeiro gênio... sinto falta dela. Pô, não vou poder continuar agora, não depois de ter lembrado tanto e com tanto amor. E também tá escurecendo, mesmo que aqui a noite seja muito clara, quase como se fosse de dia, e por isso a gente tem dormido menos.

Mas eu estou muito cansado e talvez amanhã eu continue.

BUSCA

> *"You want the greatest thing/*
> *The greatest thing since bread came sliced/*
> *You've got it all/*
> *You've got it sized"* Imitation of Life, R.E.M.

Acabei não me segurando. Sei que não devia ter feito isso, mas fiz, porque estava difícil aguentar a ladainha, só que agora tá difícil aguentar é o choro e tudo.

Eu escondi a Bíblia da Camila. Ela está procurando igual doida, até fica perguntando para o resto do pessoal. Eu pensei que podia até ser engraçado, mas está muito chato isso tudo. Só que não vou voltar atrás. Ela pegou o boi que eu não queimei a Bíblia. Eu até estava lendo, mas ficava muito mal, sentindo uma tristeza enorme e por isso achei melhor acabar com essa coisa. E quero ver se uma hora ela fica quieta e deixa a gente em paz.

Só que ela não para de chorar e reclamar, ficou gemendo a noite toda, com a cara virada para a parede da caverna. E por isso ela dormiu longe da fogueira e acordou doente. Agora está mó esquisita, meio de lado, sei lá. Tem uma moça, acho que chama Ritsuko, que está cuidando dela. Fez um chá fedorento e fica dando pra Camila beber. E essa Ritsuko é muito esquisita, não para de ficar murmurando, repetindo coisas que ninguém entende, falando para ninguém em particular. Só murmurando.

Os outros, até o japonês gigante, olham meio torto para ela, só eu que não, fico olhando com curiosidade, queria saber o que ela tá falando. Será que ela tá rezando? Ou então deve estar falando com os parentes dela mortos, para ver se não esquece de quem ela foi.

Enquanto isso, eu escrevo e escrevo, para não esquecer, para saber quem eu sou. Será que é por isso mesmo? Acho que no final eu devo estar em algum hospital, dopado, tendo essas viagens todas dentro da minha cabeça. Como eu posso provar para mim mesmo que tudo isso é real? Que nada disso eu estou inventando, por causa de tanta solidão e leitura?

Depois daquela primeira experiência no jardim do meu prédio, eu passei a os dias seguintes num lance meio aerado, já que a luz verde continuou a aparecer e eu me jogava nela sempre que podia. A sensação era boa demais, uma paz que não dá nem para descrever. E depois que eu voltava dela, ficava com a cabeça ainda mais limpa, era muito mais fácil de pensar.

Depois do horário de aula, o Wedge me pediu para esperar a galera sair, pra gente poder conversar. Mauro estava lá também.

— O que cê queria conversar comigo, Wedge? — perguntei.

— Mano, sabe o lance da luz verde?

— Sei...

— Sabia! — ele pareceu querer dar pulos de alegria. — A gente tá passando pela mesma coisa e é um lance gigantesco, mano!

— É... tão grande que cê nem presta mais atenção na aula de Matemática.

— Véi, isto é matemática, o que tá rolando com a gente. O resto não é nada.

— E você, Mauro? Concorda com ele? Cê não diz mais nada por conta própria.

— Pô, Arthur! — protestou Mauro. — E preciso mesmo falar qualquer coisa? Cê sabe que o Wedge tá certo. Tem um lance doido que tá rolando e cê tá querendo ficar de fora.

— Mostra pra ele, Mauro – disse Wedge.

O Mauro então sacou o telefone. Ele me entregou o aparelho, que estava aberto num *app* de leitura de mensagens. Havia uma tela de feed de entrada com um monte de mensagens, só isso. Olhei para ele e encolhi os ombros, como se esperasse uma explicação.

— Tá aí, ó, na primeira mensagem da lista.

Abri a mensagem que o Mauro indicou. Era um texto até longo, retirado de um blog, que falava de uma tal de "Aurora da Vida e da Morte". No texto havia alguns depoimentos de pessoas que estavam passando pelos mesmos fenômenos, sem tirar nem pôr. A mensagem terminava dizendo: "se você estiver passando por isso ou por alguma coisa parecida, passe adiante." Fiquei surpreso. Ainda mais quando percebi que havia outros dez remetentes com o mesmo assunto.

Histórias esquisitas como essa havia aos montes na Internet, mas nunca tinham acontecido a tantas pessoas ao mesmo tempo. Ou então, devia ter um monte de gente idiota o suficiente para replicar essa história sem estar passando por ela.

Resolvemos correr para casa do Mauro, pra pesquisarmos mais coisa e vermos o que tava acontecendo em outros lugares. Chegamos lá logo na hora do almoço e a mãe dele estava em casa, cozinhando. A mãe do Mauro sempre cozinhou muito bem e costumava fazer uns pratos muito bons e aquele dia a gente comeu carpaccio de salmão ao molho de maracujá. Foi quando eu fiquei sabendo que carpaccio não era um peixe. Depois, teve camarão na moranga e a gente comeu até. Foi um almoço muito bom também.

Depois do almoço, a mãe do Mauro voltou para o trabalho e nos deixou sozinhos. Entramos na Internet e descobrimos um monte de blogs narrando o que eles estavam chamando de "Auras". Pô, gostei do nome, ficava muito melhor que fio de luz azul ou verde ou coisa assim. E também a gente meio que foi batendo dias e horas e foi descobrindo que tudo acontecia quase no mesmo momento, era muito maluco. O Wedge tava ainda mais empolgado.

E não foi só isso que aconteceu.

Para aumentar ainda mais a tensão, naquela noite um telejornal levou ao ar uma matéria sobre o fenômeno, inclusive falando sobre essas auras que não podiam ser captadas por instrumento nenhum, mas que um monte de gente afirmava estar vendo, então entrou uma fala de um psicanalista sobre delírios e tudo e depois um sociólogo e outros especialistas. Um cientista falou sobre as forças que atuam sobre as partículas da matéria e ainda não são completamente compreendidas e mais e tal.

E nessa noite meus pais estavam do meu lado, assistindo a isso tudo. Meu pai era cético a qualquer coisa que passava na televisão e ele gostava de dizer que é tudo manipulação. Ele ainda riu desse "sociólogo" do jornal. Já minha mãe achou tudo um negócio meio sensacionalista, mas disse que era fascinante. Foi essa palavra mesmo que ela usou: *fascinante*.

Virou meio febre a televisão passar depoimentos de gente que estava vivendo a mesma coisa com as luzes. Todos os canais exibiam "especialistas" dizendo que tudo não passava de histeria coletiva, talvez pela quantidade de lixo pop que a indústria cultural despejava na televisão e na Internet, já que todos os afetados eram adolescentes, entre 12 e 17 anos. Outros eram menos, assim, taxativos e apenas diziam que nada podia ser definido sem os devidos estudos.

Depois descobrimos que o termo "aura" tinha sido inventado por um blogueiro. Agora a gente via o tempo todo nas redes sociais todo mundo falando de aurora aqui, aurora lá, fazendo piadinha, ligando as visões com o Apocalipse e tudo. No *Twitter*, a hashtag #*Aurora* não saía mais da lista dos tópicos mais falados. Já no *Facebook*, a página da Aurora tinha mais de dois milhões de seguidores. O *Instagram* também tinha um monte de *stories* e de *reels* com pessoas falando das suas experiências com as auras.

Entre as pessoas entrevistadas, a gente conseguia identificar com facilidade quem tinha passado pelas experiências e quem estava inventando. O Wedge adorava essa publicidade toda e ficava colecionando recortes de jornal e postagens de blogs, mostrando para a gente e depois guardando numa pasta. Depois, cada um lia tudo e a gente começava a discutir o que devia ser na verdade. Bem, a gente ainda estava tentando entender, principalmente eu, que não conseguia organizar tudo na minha cabeça, por causa do medo danado que eu tava sentindo.

Era como andar no meio da neblina, a gente tava totalmente perdido. Não dava para acreditar mais no que a gente via. Só Wedge parecia saber para onde estava indo. Acabou que ele tinha virado uma espécie de guru para a gente. A coisa logo ficaria totalmente fora de controle, doidera total e nem eu nem o Mauro estávamos sacando o que o Wedge queria de verdade mesmo. A gente logo descobriria que nem ele estava sabendo.

UM POUCO DO NADA

"Make me believe that this place is invaded/ By the poison in me/ Help me decide if my fire will burn out/ Before you can breathe/ Breathe into me." I Stand Alone, Godsmack

Quando a gente pensava em fim do mundo, vinha logo a imagem de um apocalipse zumbi, ou então um lance meio cyberpunk, com o caos social ou coisa assim. Tem também a coisa que rolou com a gripe suína e deu a maior bagunça. Tem aquele fim de mundo com meteoro explodindo a Terra e tudo o mais.

Acho que ninguém podia imaginar que seria desse jeito. Tudo bem que o negócio do meteoro foi o palpite mais próximo. Isso me lembra aquele filme de um diretor todo cult, acho que se chamava "Melancolia". Meus pais me levaram para assistir e eu lembro de ter ficado todo assim, impressionado, pensando no futuro e tal, imaginando um planeta batendo na terra. Fiquei um tempão pensando nisso.

Pô, isso tinha que ter acontecido mesmo, porque aí ninguém ficava para trás, reclamando e chorando o que perdeu.

E com essa coisa de fim do mundo, eu concluí que o mundo mesmo não acaba, que somos nós que acabamos. Penso que quando o mundo, quer dizer, a Terra acabou, o mundo que somos já tinha morrido e ninguém percebeu.

Eu tinha acabado de sair para a escola. O ônibus estava lotado, mas eu tinha conseguido um assento. No trânsito, não cabia mais nenhum veículo. Não sabia se daria tempo para chegar na aula, principalmente com a Avenida Cristiano Machado cheia daquele jeito. E o pior que era só um pedaço da avenida que o ônibus pegava, mas a gente já estava a uns 15 minutos lá.

Eu tinha tirado um livro da mochila, *Antes que o mundo acabe*, do Marcelo Carneiro da Cunha, que de certa forma estava falando bastante comigo, por causa dessas histórias todas de fim do mundo. Só que o trânsito estava tão ruim que eu comecei a ficar um pouco de saco cheio, sem paciência até para ler.

Então mais uma vez minha nuca começou a formigar, o que queria dizer "problemas". Por causa disso, eu fechei o livro e o joguei dentro da mochila, atento pra qualquer coisa que pudesse surgir.

Olhei pela janela. De repente, olhei sem quer para além da janela e vi através das nuvens um forte raio de luz laranja, que se projetava lá do alto, cobrindo toda a Avenida Cristiano Machado. Só que dessa vez, a luz não estava parada, eu não teria como evitá-la, pois o raio luminoso veio passando pelos veículos, como se fosse um rastreador.

Senti apreensão quando vi que aquela coisa estava se aproximando. Fiquei alerta, totalmente rígido, quando o ônibus mergulhou na aura laranja.

Tudo estava parado, completamente estático. Até o ar parecia feito de vidro, como se fosse impossível respirar. Minha mente também estava suspensa, mas não vazia, como quando eu era banhado pela aura verde. Eu fiquei aprisionado num mesmo pensamento, que continuava infinitamente. Ao mesmo tempo, estava cercado pelo sentimento de completa solidão.

Aquilo parecia que nunca ia acabar, mas finalmente senti as coisas lentamente irem voltando ao normal, meu corpo foi amolecendo, enquanto eu percebia que podia respirar novamente, melhor ainda, que podia pensar. Senti um alívio incrível, ao mesmo tempo que percebia que o ônibus voltava a andar, que o trânsito finalmente tinha liberado.

Cheguei ao Instituto e tanto o Mauro e o Wedge estavam do lado de fora, apesar do meu atraso. Nenhum dos dois estava com uma cara boa.

— A gente tava esperando você — disse o Wedge.

— Eu sei — retruquei. — Aconteceu com vocês de novo, né?

— Aconteceu mesmo. Parece que foi na mesma hora. Eu tinha descido na Caetés e o Mauro tava saindo da casa dele.

— Eu tava na Cristiano Machado.

— Dessa vez, a gente nem teve escolha, a luz foi atrás da gente — disse o Mauro.

— Cês não estão com uma cara boa. Será que cês já se tocaram que esse troço não é legal?

— Tu também não tá com uma cara boa, Arthur. E a gente não acha que as luzes são ruins. Dessa vez foi um pouco mais difícil, só isso.

— Difícil? Caras, achei que aquela coisa ia me matar!

— Deixa de ser exagerado, Arthur — disse o Mauro. — Vamo pra sala de aula.

— Cês me acham exagerado, mas ainda não se olharam no espelho...

E era verdade, a cara do Wedge não estava lá uma maravilha, nem a do Mauro. Eles não pareciam mais tão entusiasmados com o tal "fenômeno". Resolvemos deixar o assunto para mais tarde e subimos para a sala de aula. No caminho, fomos parados pelo supervisor do turno, que nos levou à sala da diretoria. Nós três ganhamos uma advertência verbal e fomos mandados de volta para a aula.

A experiência da luz laranja não aconteceu novamente, para alívio nosso. Ficamos um bom tempo sem ter contato com novas luzes e a coisa foi meio que esfriando. Das auras, somente a vermelha e a verde ainda apareciam. De vez em quando, alguém comentava ou saía em algum jornal outra coisa sobre o tema, só que a mídia logo percebeu que aquele assunto já não era mais alvo do interesse do povo. Coisas piores aconteciam no mundo, e bem mais interessantes que delírios de adolescentes.

O ABSURDO

> *"what was needed now/˜was a good comedian,*
> *ancient style, a jester/˜with jokes upon absurd pain;*
> *pain is absurd/˜because it exists, nothing more"*
>
> The Tragedy of The Leaves, Charles Bukowski

Outubro chegava ao seu final e as coisas estava muito estranhas entre eu e meus amigos. A luz laranja não voltou mesmo a aparecer, nem a azul. Mesmo assim, eu vivia em constante sobressalto, imaginando que nova surpresa teria, que outra luz invadiria minha realidade e viraria minha cabeça. Eu só não imaginava que o pior ainda estava para acontecer.

Atravessei o pátio e estava para subir as escadas para a sala de aula quando vi um cartaz todo cheio de cores, anunciando:

FESTA DE HALLOWEEN
O Grêmio Estudantil convida alunos e professores para a festa mais esperada do ano. Venha realizar suas fantasias!

Quando sentei na minha carteira, Wedge me cutucou.

— Tu viu o cartaz da festa? – perguntou ele.

— Todo mundo deve ter visto, né, Wedge?

— E tu vai?

— Pra quê? A gente nunca foi, por que começar a ir agora?

— E se for a última oportunidade da gente ir?

— Mas por que seria?

— Tu sabe, Arthur. A gente devia ir.

O Mauro pigarreou e nos voltamos para ele.

— Caras, eu não sou de longe o mais inteligente da turma, só que até eu já percebi que o lance tá feio e que qualquer coisa pode acontecer. Eu não vou perder essa festa, ainda mais com essa história do jornal ligar as luzes com o calendário do fim do mundo. Tipo, sinistro isso, não?

— Acho tudo isso sinistro, Mauro, só que não faz sentido a gente ir numa festa ridícula só por isso. Cês tão regulando.

— Eu é que não vou perder essa festa por nada — insistiu Mauro. — Vai tá lotada de mina pra ficar e um monte já perguntou se eu vou estar. Posso até arrumar umas minas para vocês.

— Beleza, Mauro, vamos pegar suas rebarbas, muito justo... — resmunguei, de tão irritado estava.

— Véi, é tudo mulher... e até parece que cê já pegou alguma...

Wedge continuava calado. Era sempre assim quando o assunto era garotas. Ele nunca demonstrou na verdade grande interesse em alguma menina em especial. O Mauro, como já disse, era o pegador da escola, sempre com roupa bacana, tênis e relógio importado. Nem sei como nunca foi roubado. Já eu não era popular, não tinha ficado com ninguém ainda, e nem foi por falta de tentativa. E ainda tinha a Larissa.

— Ela vai estar lá — avisou o Mauro. — Cê sabe de quem eu tô falando.

— E daí? — perguntei, em desafio.

— E aí que é a chance de cês dois darem um jeito nisso. Cê acha que nunca deu para perceber o lance que tava rolando? Eu não sou CDF igual vocês, mas não sou burro!

— Não tem nada pra dar jeito, Mauro. Nada. A gente só conversava no tempo em que ela participava do RPG.

— Cê nunca percebeu, mas até hoje eu não fiquei com a Larissa. Se você não quer, então beleza, vou pegá ela, pode ser?

— Faz o que você quiser, cara.

Eu tinha falado aquilo mas estava morrendo de raiva do Mauro, da Larissa, de mim mesmo. Ficava numa esperança idiota de que alguém interferisse, fizesse a gente se acertar, podia ser qualquer um. Na fantasia, podia ser até o Mauro a chegar nela e falar que o que ela devia fazer era ficar comigo. Então por que eu nunca tinha dito nada daquilo para ela?

No fim, eu fiquei meio indeciso. Achava que a festa ia ser um saco, mas foi longe disso. Eu nem imaginava que ia rolar uma treta tão sinistra que ia abalar para sempre minha amizade com o Wedge e com o Mauro. A verdade é que depois da festa, eu iria me arrepender de muita coisa. A começar por ter aparecido lá.

A festa estava marcada para uma quarta-feira, no dia 31 de outubro. Não se falava mais isso no Instituto. Era gente comentando de fantasia, de bebidas que iam passar por debaixo dos panos, das músicas. Umas três bandas da escola iam se apresentar, uma cover do Pink Floyd e outras duas de Rock Progressivo, que cantavam desde Jethro Tull até Cálix.

Enquanto os dias passavam, eu ficava cada vez mais indeciso e ansioso. Não bastava essas auras malucas me envolvendo, ainda tinha que ter dois amigos loucos querendo ir na festa mais idiota do universo... e queriam que eu fosse junto, pela amizade.

Nesses momentos de ansiedade, esperava logo pelo fim da aula para chegar em casa. A aura verde continuava a aparecer no jardim lá do prédio e eu sempre contava as horas para voltar pra casa e mergulhar naquele mundo verde, cheio de rico silêncio, completo e puro. Enquanto isso, Wedge e Mauro estavam cada vez mais fissurados na luz vermelha, que continuava emanando no banheiro do Instituto. Eu nunca mais tinha provado esse tipo de viagem, não me fazia bem de jeito nenhum. Por isso eu sentia que meus amigos estavam cada vez mais longe de mim.

O Grêmio Estudantil fez um tipo de acordo com a escola e por isso não teria aula no turno da noite, logo no dia da festa. Faltava pouco para a semana de prova, que ia começar lá pelo meio de novembro. Eu continuava ignorando os papos da festa, e no dia 31 de outubro eu fui para casa como se nada fosse acontecer. Cheguei, curti a aura verde e o sentimento planta, bom demais. Em seguida, depois do almoço, fiz os deveres, li um pouco e fui deitar. Dormi até o início da noite, quando eu acordei com meus pais chegando. Era difícil eles chegarem no mesmo horário, mas acontecia de vez em quando. Eles me chamaram lá na sala. Pensei em fingir que estava dormindo ainda, mas então lembrei do esforço da minha mãe em me animar.

Encontrei os dois sentados no sofá da sala, olhando para mim. A cena tá bem fresca na minha cabeça ainda: meu pai com seus cabelos bem crespos e aparados, seus olhos salientes e redondos, sua boca grossa e o cavanhaque bem feito. Minha mãe estava do lado dele, ainda com o terninho que usava no escritório. Seu cabelo anelado e muito preto estava meio preso, mas com um monte de anéis descendo pelo pescoço moreno dela. Do lado, meio largado no braço do sofá, o estojo de projetos. Meu pai estava mais à vontade, de pólo, como costumava usar no trabalho dele, nas aulas. Eles estavam com as mãos dadas e os dedos entrelaçados. Fiquei olhando aquelas duas mãos juntas, tom sobre tom. E pensei: eles tão muito juntos, aí vem bomba.

— Tá tudo bem, Arthur? — perguntou minha mãe.

— Hum... tá, Mamãe.

— Sério, filho? — foi a vez do pai atacar. — Sua mãe tem notado você meio calado, ultimamente.

— Eu sou calado, Pai.

— Eu sei, é o seu jeito, mas não é isto que quero dizer. Você sempre foi mais aberto com a gente, sempre compartilhou seus problemas, lembra?

— É...

— Então por que você não compartilha conosco o que está te afligindo, filho? — perguntou minha mãe, com a voz trêmula.

— Não tem nada me afligindo, gente. Eu tô bem.

— A gente recebeu um telefonema do seu amigo — disse meu pai.

— O Mauro?

— Não, o Wedge.

— Mas ele não tem celular e os pais dele não deixam ele fazer ligação.

— Ele nos ligou pelo telefone do Mauro — informou minha mãe.

— Tá... E o que ele queria?

— Ele nos falou da festa, Arthur. Disse que mesmo com ele e o Mauro combinando de estarem lá, você preferiu ficar em casa. Nós estamos preocupados com você, filho, eu e sua mãe. Porque...

— Eu sei, porque vocês me amam.

— E por isso queremos saber por que você não quer ir à festa. É por causa de alguma menina?

Eu comecei a ficar puto de verdade com o Wedge. Será que até isso ele tinha falado com meus pais? Ele e o Mauro eram como irmãos para mim, mas até irmãos têm limites...

— Não tem menina nenhuma. Eu é que não gosto de festa. Não gosto de um monte de gente falando e barulho e coisas assim. Não gosto...

— Presta atenção, meu filho, nós não queremos te forçar a nada. Eu e seu pai queremos o melhor para você e achamos que você precisa desse momento. Você tem que experimentar para dizer se não gosta mesmo.

— Mas eu não gosto, já disse. Cês ficam forçando a barra, mas podiam me deixar quieto, vão namorar, ir ao cinema, sei lá.

Voltei pro quarto, ainda nervoso, e deitei na cama. Fiquei de bruços, com a cara no colchão, enquanto os pensamentos passavam a mil. Puxa, porque meus pais estavam insistindo tanto para eu ir? Até hoje não sei e nunca vou poder perguntar. E tem tanta coisa que seria legal perguntar para eles, que eram tão legais e sempre tiveram o maior saco pra responder.

Eu continuei deitado com a cara colada no colchão, tentando não pensar em nada, mas acabava sempre voltando ao mesmo pensamento, que era saber o que eles estava fazendo, o que tinham contado pros meus pais e tudo ou mais, ou seja, eu estava pensando na festa, mesmo não querendo e não gostando e acabava sempre voltando ao mesmo pensamento por força de não querer pensar.

Então resolvi ser sincero comigo mesmo e admitir de uma vez que o problema era a Larissa e que eu ainda gostava dela. E gostava tanto que não podia ver ela ficando com os outros caras. E fiquei também me perguntando se o mundo ia acabar naquele ano mesmo e que talvez eu não poderia admirar ela toda produzida.

Agora que tudo acabou, eu me pergunto se eu devia ter insistido mais. Só que agora já é passado, mas na hora me bateu uma vontade regaçada de ver a Larissa de novo, não aquela que eu via sempre no Instituto, o tempo todo com cara de tédio, mas a Larissa alegre, de vestido, com o cabelo comprido solto e brilhando. Eu queria muito ver essa Larissa que eu tinha visto muito pouco.

Então eu nem tava pensando mais em nada, pulei da cama e corri pra sala. Meus pais estavam assistindo a um documentário. Minha mãe já tinha trocado de roupa, mas meu pai, não. Eles tentaram fingir surpresa.

— E aí, campeão, mudou de idéia? — disse ele.

— Um-hum.

— Então corre e vai se arrumar que eu te levo lá.

Em cinco minutos eu estava pronto. Minha mãe olhou para mim, balançou a cabeça e me fez voltar para o quarto e trocar de roupa, para ficar mais "apresentável". Depois dessa bobeira toda, fomos de carro para o Instituto.

Desci do carro ouvindo a música longe. O porteiro, seu Pompeu, nem pediu o convite que eu tinha que ter comprado e não comprei. Ele disse que só precisava anotar meu nome numa lista e depois eu acertava com o Grêmio.

Meu pai se despediu de mim, combinando que ia me buscar, era só ligar para casa. Murmurei "obrigado" e quase corri para a festa.

Segui para o ginásio onde estavam montadas barracas com os comes e bebes. Tinha também um palco, mas estava vazio e o som tocava músicas do Black Eyed Peas. Nunca gostei muito deles, mais por causa do Wedge, que tinha muita antipatia pelos caras e nem imagino por quê. Só que acabou que a antipatia passou para mim e para o Mauro também.

Mas eu fiquei meio de bobeira longe do palco e de repente vi a Larissa sozinha. Ela estava linda, com um vestido de alcinha preto e o cabelo escovado, com um par de orelhas de gato fazendo as vezes de fantasia. Só não estava sorrindo. Parecia meio deslocada na festa e isso era estranho, pois era a Larissa, pô, que nunca ficou deslocada em lugar nenhum.

E quando eu percebi tinha ficado um tempão olhando para ela, que me olhava de volta. Eu tomei um susto quando notei que ela tinha notado e tentei disfarçar, mas ela só cruzou os braços e olhou para o outro lado. Senti o maior alívio, já que ela nem devia ter prestado atenção em mim. Também tinha aquela iluminação de festa, que ilumina coisa nenhuma e a gente pode se enganar com isso.

Senti alguém batendo no meu ombro. Dei meia-volta e vi que era o Wedge, sorrindo:

— Tá perdido, cara?

— Pois é, dormi na sala de aula e só acordei agora.

— Igual eu...

— Cadê o Mauro?

— Subiu pras salas de aula, pra ficar com a Paula...

— Então é por isso que a Larissa tá sozinha.

— Deve ser, mas ela já dispensou uns três caras, todos boyzinhos.

Virei-me de novo pra observar a Larissa, mas ela tava de costas.

— Vai lá, Arthur, é tua chance.

— Ela vai me dar fora como deu nos outros caras.

— Tu não pode dizer isso, tu não sabe...

Olhei pro lado que a Larissa tava e depois de volta pro Wedge, que tinha uma expressão séria. Respirei fundo e comecei a andar na direção dela. Nossa, tava linda mesmo!

— Oi — cumprimentei, logo que cheguei perto.

— Que foi? — perguntou ela, ríspida.

— Nada não... Só vi que cê tá sozinha e resolvi dizer oi, já que a gente é da mesma sala...

— Tá, oi.

Suspirei. Aquela conversa parecia mais condenada que porta-avião em batalha naval. Pensei em sair de perto e ir pra tipo debaixo da terra. Eu já estava me afastando quando ouvi ela murmurar alguma coisa.

— Quê? — perguntei.

— Nada.

— Cê disse alguma coisa.

Foi a vez dela suspirar. Que grande conversa! Mesmo assim, era a primeira vez em anos que eu trocava tantas palavras com ela.

— Era legal... — disse ela, tão baixo que parecia falar pra si. — A época do jogo, sabe? Como chamava mesmo?

— RPG.

— Isso. Eu até que gostava. E pior que a gente tinha ido por causa do Maurinho...

Aí eu percebi que ela tava chorando e entendi tudo. Aquele canalha do Mauro tinha deixado a Larissa sozinha na festa e eu percebendo que tava totalmente fora, sobrando, eu era um jiló, e então pensei que tinha que ser igual o Wedge, só amar a lógica e os números e deixar as meninas pros boyzinhos que nem o Mauro, com dinheiro pra roupa cara, cabelo com gel e sorriso de pegador.

Larissa enxugou as lágrimas com cuidado para não borrar a maquiagem e deu uma risada.

— Bem, não importa. Mas eu gostava mesmo. Só que as meninas começaram a pegar no meu pé e o Mauro era mesmo um mané, aí achei melhor parar de ir.

— Hum-hum...

— Mas sabe que eu sempre achei fantástico o jeito que você entrava nas histórias. Queria ter a sua imaginação.

Fiquei tão surpreso que na hora não soube o que dizer. Só olhei assustado para ela, que perguntou:

— Que foi?

— Na-nada — gaguejei. — Só não imaginava que você gostava tanto de RPG.

— Não era do RPG que eu gostava.

Senti meu peito arder, enquanto olhava no fundo dos olhos da Larissa, aquela menina de quem eu gostava há tanto tempo que até parecia ter sido desde sempre. E achei que ia continuar olhando mas de repente estava de olhos fechados e sentindo o calor molhado da boca dela, sentia o calor todo dela e parecia que a música tinha sumido, aliás que tudo tinha deixado de existir, mas na verdade não importava.

Nunca vou me esquecer daquele primeiro beijo, que eu pensei que nunca daria e nem sei como tomei essa iniciativa. Deixei minha mão ficar sobre os ombros dela, tão finos, delicados. O tempo estava maluco, como rolava com as auras e eu sabia que não ia durar pra sempre, talvez nem até dia seguinte, mas durou até menos que isso, quando ouvi o Mauro me chamar. Larissa me largou meio sem graça. Ainda no clima, fiz menção de protestar.

— O Wedge tá te chamando — disse o Mauro.

Olhei meio nervoso, mas percebi que a cara dele não estava muito boa. Tudo bem que ele estava fantasiado de caveira, ou morte, sei lá, mas mesmo assim dava pra ver que ele estava angustiado pra caramba. Não havia sinal da Paula. Pelo jeito de olhar do Mauro, o problema era algum lance a ver com as auras. Não queria que aquilo acabasse com a melhor noite da minha vida.

— Olha, fala com ele que eu vou depois, que agora eu tô ocupado com a Larissa.

Pô, eu sabia que era meio sacanagem com o Wedge, meu amigão, mas ele ia ter que entender.

— Pode ir, eu espero — disse a Larissa, pondo a mão no meu peito e sorrindo. — Pela cara do Maurinho, parece urgente. Vou te esperar aqui, mas só se você não demorar.

Senti que me derreteria todo e balancei a cabeça igual a um imbecil, enquanto seguia o Mauro.

— Cê não tava com a Paula? — perguntei.

— Eu tava, mas rolou um trem esquisito com ela. O SAMU tá vindo.

— SAMU? — perguntei, assustado. — O que tá pegando?

— Ela desmaiou, mas antes começou a falar um monte de coisa estranha.

— Coisa? Que coisa?

— Ela... Ela parecia possuída, Arthur. Parecia outra pessoa, sei lá. Então ela começou a gritar e depois desmaiou. Ela tá na secretaria.

Até aquele momento, a gente estava andando rápido, mas ao ouvir sobre o desmaio, comecei a correr.

No fundo, conseguia ouvir a música "Losing My Religion" da R.E.M.

Encontramos a Paula deitada numa maca, ainda desmaiada, com duas enfermeiras do SAMU cuidando dela.

Wedge estava encostado num canto, sombrio. Eu ainda não conseguia entender o que estava rolando, mas de alguma forma, pra mim, o Wedge sabia. Então eu olhei para ele e saquei que ele tava sentindo culpa pelo que tinha acontecido. Mas que culpa ele tinha? Uma das enfermeiras se virou para o Wedge e começou a perguntar sobre o desmaio dela e ele ficou olhando para o chão e respondeu que não estava lá, que só tinha ajudado o Mauro a socorrê-la. A enfermeira então começou a bombardear o Mauro com as mesmas perguntas que tinha feito para o Wedge. O Mauro fez cara de bandido que foi pego no flagra e começou a falar coisa com coisa. Ele estava realmente amedrontado, achando que a Paula ia morrer e tal.

Foi aí que eu olhei para os braços da Paula e vi os arranhões e senti um troço estranho. Ela estava com os braços todos arranhados e o pescoço também. Nisso, as enfermeiras terminaram o primeiro atendimento começaram a levar a Paula para a ambulância. O Mauro queria ir junto, mas elas não deixaram. O Wedge deu um sinal e começou a andar. Fui atrás dele.

Caminhamos até aquele mesmo banheiro onde, na hora do intervalo, no período da manhã, surgia a aura vermelha. Entendi que tudo o que tinha acontecido era por causa do fenômeno, mas a relação ainda não estava clara para mim. Olhei para trás e vi que o Mauro já tinha nos alcançado. Estava muito pálido e o suor havia estragado sua maquiagem de caveira. Entramos no banheiro.

E aí eu vi uma outra aura, uma outra luzinha, de cor amarela. Era mortiça, bruxuleante, como a chama de uma vela. Ao observá-la, tive uma sensação de náusea, da mesma forma que tive quando havia entrado em contato com a aura vermelha.

— Caras, isso tudo é uma revolução — Wedge disse.

— Como assim? — perguntei, perplexo. — Por que a Paula desmaiou? O que você fez, velho?

— Eu não fiz nada com ela, Arthur. Só entrei na aura.

— Entrou? Como assim?

— Eu sumi dentro dela, cara. Sumi e viajei mais longe do que em todas as outras auras. Eu, eu senti e vi, tudo junto. E quando percebi o que tava rolando com a Paula, voltei.

— Pera um pouco... – eu tava ainda mais confuso. — Cê tá falando que sumiu dentro da aura? Que entrou na mente Paula?

——Foi, cara. Não sei se foi mesmo a mente. Acho que fui mais fundo que isso. Ela me sentiu e não entendeu. Foi por isso que rolou aquilo.

Mauro, que estava calado até aquele momento, deu um grito. Eu e o Wedge demos um pulo de susto. Vimos que o Mauro tava com o punho levantado, tremendo de ódio.

— Cê fala assim, na tora, que mexeu com a cabeça da minha namorada? — Gritou ele. — Tá maluco, Wedge? Me dá um motivo para eu não quebrar esses óculos na tua cara!

— Foi mal, cara, foi mal. Eu não sabia, sério. Foi tudo muito rápido, muito forte. Não vou deixar acontecer da próxima vez que eu entrar.

— Toda essa história já foi longe demais, Wedge — minha voz saiu fraca, alterada pelo medo. — Não vai ter mais próxima vez. Não vamos mais mexer com isso. Ainda mais depois do que aconteceu com a Paula.

— Tu acha que é fácil, Arthur? – gritou Wedge. – Eu não tenho nada além disso, tu sabe! Eu tenho que entrar de novo, tenho que descobrir o que tá acontecendo e eu sei que tô perto.

— Não, Wedge, não tá. Nós todos estamos perdidos, vagando no escuro. A gente tinha era que esquecer essa coisa.

— Cê sabe que não dá pra esquecer, Arthur – suspirou Mauro. — Até eu, que sou meio burro, já saquei isso... Wedge, a Paula vai melhorar?

— Não sei, mano. Acho que só tem um jeito de descobrir...

— De jeito nenhum! — protestei. — Cês não vão mexer com essa coisa. É perigoso!

Mauro e Wedge desviaram os olhos e caminharam na direção da aura mortiça. Tentei pará-los, mas dois me empurraram. Lutei com eles de um jeito desengonçado. Wedge era mais fraco que eu, mas o Mauro já havia treinado judô e me deu uma chave de braço. Bufando, tentei me desvencilhar, enquanto via Wedge tocar na aura amarela, libertando o absurdo.

Ouvi um estalo terrível e então o Wedge não estava mais lá. Mauro me empurrou para a porta do banheiro e também correu para a luz, desaparecendo logo depois.

As luzes do prédio começaram a vacilar, piscando, como se houvesse uma queda de tensão na rede elétrica. Eu senti uma tontura terrível enquanto meus pensamentos se embaralhavam. Levei alguns segundos para colocar as ideias em ordem e corri para o ginásio onde estava acontecendo a festa. Só conseguia pensar na Larissa, com medo de que acontecesse com ela a mesma coisa que tinha acontecido com a Paula.

Quando cheguei ao ginásio, tudo começou a virar uma bagunça. As pessoas gritavam como loucas, algumas rolavam pelo chão. Aquilo era um pandemônio, com tanta gente fantasiada urrando, se arranhando, parecia realmente uma reunião de monstros.

Havia uma menina vestida de bruxa que girava e tentava arranhar-se toda.

— Tira ele de mim, tira ele de mim! — gritava ela. — Ele tá na minha pele, tá colado na minha pele!

Cheguei perto da garota, acho que era do terceiro ano ou do segundo. Ela era mais alta que eu e forte para burro. Tentei agarrá-la para impedir que ela arranhasse o próprio rosto. Nós dois nos atracamos e eu senti o contato do corpo dela, tipo, uma menina bonita, com um corpão... Não queria de jeito nenhum me aproveitar da situação, nem pensei nisso na hora. Só ao lembrar disso sinto ainda até o perfume dela.

Naquele momento que a gente se tocou, não sei como, senti que a conhecia. Ela se chamava Amanda, tinha um gato chamado Pepo, angorá, gostava de chocolate meio amargo e tinha medo de altura. Ela também amava matemática, assim como o Wedge... Nesse momento, senti a presença do meu amigo se afastar como um vapor. A menina ficou mole e eu tive que segurá-la mais forte, para que nós dois não desabássemos no chão.

Pensei que a menina ia ficar desmaiada igual a Paula, mas ela tremeu um pouco e abriu os olhos.

— O que... O que aconteceu? — perguntou ela.

— Nada, Amanda. Você passou mal, só isso.

Mas aí ela olhou ao redor e viu aquele monte de gente meio doida, gritando, urrando, arrancando os cabelos, rolando no chão. De alguma forma, eu tinha protegido a mente dela da loucura do Wedge. Imaginei se talvez não conseguiria fazer isso com os outros e por isso saí correndo, segurando as pessoas, tentando fazer a mesma coisa que tinha feito pela Amanda. Descobri que só funcionava se eu agarrasse a pessoa e colasse meu corpo ao dela. Tipo, se não fosse uma situação maluca, eu podia até me sentir bem e tudo, abraçando as meninas assim, só que aquilo era muito bizarro, as pessoas não estavam no seu normal e além disso tinha um monte de homem na festa, eu não ia querer abraçar cueca, né?

E para piorar, eu ainda não tinha conseguido achar a Larissa. Tinha gente que já estava toda arranhada e eu não ia conseguir resolver a situação abraçando todo mundo. Por isso, tomei uma decisão, e não sabia se ia adiantar ou se eu ia ficar doido e tudo. Corri para o mesmo banheiro e parei diante da aura amarela. Não queria nem a pau entrar naquilo, mas continuava a ouvir gente gritando de tudo quanto é jeito e por isso respirei fundo e pulei.

Não ouvi mais nada, nos primeiros segundos, mas então, eu não sei como, me senti completamente espalhado, sei lá, era como se eu tivesse um monte de pensamentos e entendesse todos, relacionando tudo, sendo todo mundo e ainda sendo eu mesmo. Tinha as sensações de todas as pessoas.

Não só aquilo que as pessoas estavam sentindo na hora, mas todas as sensações que elas tiveram a vida inteira.

Foi difícil organizar as coisas, pensei que eu ia ficar doido, perdido na mente de todo mundo, mas então decidi usar a imaginação. Para cada sensação, tentava criar uma imagem, um símbolo, sei lá. Imaginava árvores, galhos e folhas, animais, um rio fluindo. Comecei a visualizar todo mundo como se fossem fios de água, como pequenos canais, que se interligavam e eu mesmo era um fio embaralhado nos outros. E logo consegui encontrar o fio do Wedge.

Passando de ponto em ponto, consegui agarrar o Wedge, como se eu fosse uma espécie de nó, e puxei-o, enquanto tentava criar uma saída.

Logo depois, senti o chão duro do banheiro contra minha cara. Estávamos de volta, ofegantes e completamente destruídos. Meu corpo estava todo lanhado, minhas roupas rasgadas, como se eu tivesse caído de bicicleta ou sido espancado. Wedge e Mauro não estavam em estado melhor. Vi que Wedge tinha perdido os óculos.

— E então? — perguntei. — Valeu a pena? Descobriu a verdade depois de ter deixado todo mundo do Instituto louco?

— Er... — Wedge baixou os olhos.

— Então, cara, como foi? Diz para a gente o que você descobriu!

Wedge cobriu o rosto e começou a soluçar. Lá fora tava o maior silêncio e eu sabia o motivo. Mauro também não estava legal, parecia que tinha se machucado mais. Resolvi não continuar pressionando, já que estava na cara que o Wedge não tinha descoberto nada da verdade. Mas eu tinha.

ALÉM DOS OLHOS

> *"I've got to be honest/ I think you know/ We're covered in lies and that's okay/ There's somewhere beyond this, I know/ but I hope I can find the words to say."*
>
> You're A God. Vertical Horizon

De vez em quando, gosto de passar a noite em claro. Espero todo mundo dormir e a Camila parar de soluçar, ando com cuidado para não pisar em ninguém e vou lá para fora. Não sinto medo ou sinal de perigo e por isso acho que tudo bem. Claro que na mata deve ter um monte de animal perigoso, mas a gente meio que sabe onde eles ficam, por onde andam, um tipo estranho de sentido que a gente ganhou quando veio parar aqui.

Eu saio pela entrada da caverna, de onde dá pra ver as copas das árvores, porque aqui é alto e a floresta se estende até perder de vista, eu fico meio que olhando as árvores num balançar silencioso, parece até que elas tão dançando aquela dança que minha avó fazia quando ela ia visitar o grupo de apoio a idosos. Uma dança parada, que no começo eu tinha achado esquisito, mas depois eu vi que era bonito pra caramba. Mas isso foi antes de vovó morrer, quando ela morava com a gente e me levava no grupo para conhecer os amigos dela. Depois ela foi ficando doente, teve que ir para o hospital e não voltou mais.

Mas eu fico olhando as árvores até acabar a vontade e faço o que aprendi com a luz verde, quero dizer, não penso em nada, até ficar satisfeito.

Depois eu olho para o céu, que fica colorido de estrelas e muito claro. Olho para a lua e pra tudo que a gente não tem mais.

A aura amarela causou uma histeria nos jornais e tudo, porque tinha acontecido no mundo inteiro e um monte de gente agora estava no hospital, ou em hospício. Tinha gente de coma, ou sem memória ou delirando. Saiu então um monte de matéria sobre isso, todo mundo falando da Loucura do Século, ou Mal do Século. Muitas matérias eram reprodução do que já tinha sido publicado anteriormente, mas outras tinham teorias novas, algumas falando de novo do Calendário Maia, outras dizendo que o magnetismo da Terra estava mudando e isso afetava o cérebro de todo mundo.

Mauro, Paula e um monte de gente do Instituto ainda estava em diversos hospitais da capital. A Larissa não estava entre eles, acho que ela saiu da festa antes de tudo ficar fora do controle. Eu e Wedge também fomos atendidos e liberados logo depois, já que nossos ferimentos eram leves. O Mauro estava muito machucado e por isso tivemos que prestar depoimentos sobre o ocorrido. Acho que polícia suspeitava que a gente tinha surtado e começado uma briga maluca. A única coisa que dissemos foi que não lembrávamos de nada.

Uma coisa eu sabia: a vida não seria mais a mesma, não só para mim, ou para os meus amigos, mas para o mundo todo... agora eu sabia que se aquilo era loucura, o mundo todo estava louco. E eu sabia ainda mais que isso. Mergulhar na aura amarela me trouxe um tipo de verdade... Não sei se a palavra certa seria verdade, mas sei que essa viagem me fez conhecer uma coisa que estava além das próprias auras, me fez ver com mais clareza aquele grande planeta azul que eu tinha visto logo quando as viagens começaram. Lógico que tudo podia ser um exagero da minha imaginação, mas eu estava tão convencido disso que o medo tinha me abandonado completamente.

Depois dos depoimentos que a gente prestou, ainda no saguão do hospital, meus pais chegaram junto com os do Wedge. Eles estavam com uma cara nada boa, mas não era aquela cara que eles sempre usavam, quando queriam mostrar pro Wedge que ele estava encrencado. Estavam nervosos e preocupados, de verdade. Até o Wedge ficou sem graça com isso.

A gente ainda teve que ficar no hospital, em observação, até de manhã. Ninguém falava nada, só os pais do Wedge não paravam de conversar um com o outro. Falavam de coisas da igreja deles, que eu não entendia nada. Só conseguia identificar a palavra "misericórdia", que a mãe do Wedge dizia toda hora. Lá pelas seis e meia da manhã, fomos liberados pelo médico de plantão.

Tinham alguns jornalistas na frente do hospital, mas a gente não disse nada, nem prestou atenção neles e meus pais também foram feras, ficaram entre nós e os jornalistas e fizeram questão de nos proteger.

Eu e o Wedge nos despedimos de um jeito frio e estranho. Ele parecia muito envergonhado, achava que a culpa de tudo era dele. Meio sem graça, bati a mão no ombro dele, como que para dizer que nós ainda éramos melhores amigos e que nada ia acabar com nossa amizade.

Meus pais não falaram nada no carro, na volta para casa. Quando chegamos, tomei um banho e fui direto pro quarto, nem quis comer nada, só deitei na minha cama de toalha mesmo e fiquei lá o resto do dia, deitado. Ainda tinha que digerir tudo que sabia e ficava pensando que seria perigoso até dormir. E se eu sonhasse com a verdade? Se ela viesse a mim na escuridão e me deixasse louco de tão terrível que ela era?

Quando me dei conta, tinha dormido. Pela janela, dava para ver que já estava escuro. Ouvia as vozes dos meus pais na sala, mas não dava para dizer o que eles conversavam. Eu me levantei, coloquei uma roupa e fui até eles.

— Oi, campeão, como está essa força? — perguntou meu pai, jovial.

— Tô bem...

— Filho, se quiser conversar — foi a vez da minha mãe dizer —, você sabe que estamos aqui, não é? Nós te amamos mais que tudo, você é o que nós temos de mais precioso. Vamos te apoiar acima de qualquer coisa.

— Eu, eu sei, Mamãe...

— Sua mãe e eu estávamos conversando, Arthur, e achamos que a gente podia fazer uma viagem nesse resto de semana, voltar só na semana que vem. Que tal?

— Mas, e a escola? E o trabalho de vocês?

— O Instituto paralisou as aulas o resto dessa semana e nós temos horas extras para tirar. Sua mãe está querendo conhecer a Serra do Cipó há muito tempo. Tenho certeza de que vocês dois vão amar.

Meu pai era assim, meio natureba. Gostava de passear no mato e de esportes radicais. Já tinha viajado pelo mundo fazendo alpinismo, rapel, trekking, até triatlon. Acho que por isso ele parecia ter trinta anos ainda, quando tinha mais de quarenta. Isso e a pele negra que faz a gente envelhecer mais devagar.

— E então, filhão? – perguntou ele. — Anima de viajar?

— Ah, Pai, sei não...

— Vamos, cara! Pela sua mãe, sabe? Uma viagem em família...

— Não força ele, Carlos...

— Peraí, Mamãe, tudo bem. O Pai tá certo.

— Então você topa? — perguntou meu pai, entusiasmado igual criança.

— Topo, topo sim.

Enquanto meu pai quase pulou de alegria, deu para perceber a tensão nos ombros da minha mãe aliviando. Ela era assim, como uma silenciosa força da natureza, sempre comedida, mas sempre atenta.

Ficamos em uma pousada gostosa lá na Serra do Cipó, até domingo. Foram os melhores dias da minha vida. E foram mesmo, já que isso tudo acabou, não tem como eu estar exagerando. A gente acordava todo dia bem cedo, tomava café e fazia caminhada. Andávamos pelas trilhas, meu pai sempre à frente. Antes eu tinha certeza que me perderia se não estivesse com ele, mas estranhamente meu senso de direção, que sempre foi péssimo, estava afinado. De alguma forma eu meio que conhecia aquela mata, aquelas árvores. E por isso meu coração se acalmou muito, fiquei gostando pra caramba de tudo aquilo.

Depois da caminhada, explorávamos as cachoeiras. Uma coisa que eu adorava de verdade era água de cachoeira, mais que de praia ou de piscina. Minha mãe tirava um livro para ler na beira da água, de biquíni, enquanto eu e meu pai ficávamos nadando. De vez em quando meu pai falava alguma besteira para minha mãe, que xingava ele. Eu ficava rindo, me sentindo meio culpado de ser feliz.

A gente se divertia até quase duas da tarde, quando voltava para a pousada e almoçava. Depois, para esperar a digestão, ficávamos jogando cartas, outra coisa que eu adorava fazer, mas só com meus pais. Nunca gostei de jogar truco na escola, mas sempre adorei jogar pontinho, burro, mau-mau e poker com meus pais.

Umas quatro e meia a gente voltava para a cachoeira, aproveitando o horário de verão, mas, antes de escurecer, já estávamos de novo na pousada. Depois do jantar, assistíamos algum filme na televisão. Bem, meu pai e eu, porque mamãe já estava quebrada e decidia ler um pouco e dormir.

Os dias na Serra do Cipó foram muito bons e eu tentava não pensar nas luzes coloridas e nas coisas que elas fizeram com a minha cabeça. Só não conseguia deixar de pensar na Larissa, no Wedge e no Mauro. Eu me perguntava se o Mauro já tinha saído do hospital e como o Wedge devia estar com aqueles pais estranhos dele, sozinho. O pior era não ter notícia nenhuma da Larissa, não saber se ela estava bem ou mal. Eu não tinha o celular dela, mesmo porque até aquela noite da festa a gente não era nem amigo. Agora ficava pensando em uma forma de chegar até a Larissa.

Resolvi ligar para o Wedge da pousada, para ter notícias do Mauro e ver se ele conseguia me falar da Larissa. Era sexta e deixei meus pais jantando, enquanto eu corria para o quarto.

Liguei para casa do Wedge. Felizmente, foi ele mesmo que atendeu.

— Oi... — disse ele.

— Cara, não vou perguntar como cê tá, porque eu também não tô legal. Só quero dizer que cê pode contar comigo. Eu tô viajando, mas vou te passar o número daqui, pra você ligar sempre que quiser conversar.

— Para, Arthur.

— O quê?

— Deixa eu curtir minha culpa, mano. Eu fiz aquela merda toda. A culpa é minha...

— Cê não viu os jornais, Wedge? Já tem dois dias e eles continuam noticiando. Aquela coisa aconteceu em um monte de lugar, no mundo inteiro, em boates, discotecas, bares...

Ele me interrompeu:

— Arthur, cala a boca! Eu sei disso tudo. Em cada lugar desses, tinha um idiota como eu mexendo com o que não devia. Eu fiz isso, mano, eu ferrei com o Mauro e deixei a Paula doida, além de um monte de gente...

— Não deixou, Wedge. Eu vi. Eu tava lá com você, lembra? Eu também entrei na luz amarela, também vi o Vazio que todo mundo tem. Eu não posso prometer que todo mundo vai ficar bem, nem sei o que vai rolar depois disso. Só sei que cê tava certo na maior parte das coisas.

— De que adianta, Arthur? – a voz do Wedge tava embargada.

— Eu não quero mais estar certo. Eu quero que tudo volte ao normal, mano. Eu quero ficar na minha, ser chamado de Cabeça por todo mundo, quero que o Mauro volte a ser o idiota que era, querendo impressionar nós dois, quero a volta do RPG.

—Velho, eu tô aí no domingo e a gente vai poder conversar melhor. Segura as pontas. Se precisar, liga para mim aqui, não deixa de ligar.

— Tá... — ele fungou.

— Eu preciso saber outra coisa de você, cara. Cê tem notícia da Larissa?

— Não, mano. Só sei que ela não tava no hospital nem nada. Posso até ver se consigo saber alguma coisa e te falo.

— Valeu, cara. Valeu mesmo. Tenho que desligar, falou.

Pus o fone no gancho e fiquei pensando em tudo aquilo. O Wedge devia estar mal mesmo. Eu sabia que aquilo era meio culpa dele, mas talvez nenhum de nós pudesse evitar tudo o que estava acontecendo.

No sábado, fomos a mais um passeio. Minha mãe queria conhecer a cachoeira Véu da Noiva. Foi lá que eu tive contato mais uma vez com as luzes.

Estava meio nublado e frio. A gente achava que ia chover e por isso até meu pai quis ficar longe da água. Só eu parecia mais animado em nadar, já que meus pais preferiram ficar namorando. Achei melhor dar um pouco de espaço para os dois e fui com tudo para a cachoeira.

Senti um tremor estranho, quando vi a água, normalmente escura, brilhar num tom azulado, mas num azul forte e intenso, como azul marinho. E sem perceber, eu já estava tocando essa luz, pois toda a superfície da água num segundo estava brilhando.

Fiquei paralisado, com pé direito enfiado na água até o tornozelo, enquanto sentia um monte de tremores e sensações me atravessando. De repente, meu corpo pareceu se dissolver e agora eu tinha vários braços, movendo-os com agilidade, para um segundo depois não ter braço nenhum, mas sem deixar de mover-me com a mesma rapidez. E minhas costas tremiam, vibravam como se tivessem um par de coisas muito leves e muito enérgicas grudadas nela e do nada eu estava pelado, só que tinha pelos cobrindo meu corpo, ou penas, só não sabia dizer.

Foi então que comecei entender o que via, ou melhor, o que tentava sentir através de uma visão embaralhada. Era como se eu tivesse mil olhos, ou talvez milhões. Conseguia ver a Serra do Cipó toda lá do alto, as formações rochosas, os fios de água das cachoeiras, as construções humanas como pequenas feridas no verde.

Via através da água, das nuvens e da escuridão da terra. Não era apenas visão, era instinto, sobrevivência. Eu conseguia sentir com a mesma força a urgência da caça em escapar e do caçador em se alimentar. Estava inundado pelo amor grupal daqueles que trabalham sem parar por um bem comum, e esse amor era quase o mesmo que se tinha pelas flores que ofereciam a comida. Minha língua saboreou sangue, pelos e penas, além do mato de cheiro forte, agressivo e delicioso.

Nunca fui tão completo, a não ser quando a aura verde me fez planta.

CÉU ABAIXO

> "Event though you feel alone/ It can't rain everyday/ It don't rain Forever/ The sunshine may be gone, but I know/ It can't rain everyday/ It don't rain forever."
>
> It Can't Rain Everyday. P.O.D.

Conheço poucos sobreviventes, mas acho que deve ter bem mais gente espalhada por aí. A maioria dos que eu encontrei, inclusive a Camila, já estava nesta caverna. Uma caverna comprida pra caramba. Não faz frio aqui, só é escuro. O pessoal fica meio disperso, parece que todo mundo desistiu de tentar se comunicar. A gente era a geração Z, a tribo da comunicação e tudo mais, e agora ninguém consegue nem falar entre si.

Wedge achava que se o mundo mudasse, nada daquilo ia acontecer, mas ele também achava que era inevitável porque ninguém ia mudar os próprios hábitos. Qual deles ia tomar uma atitude diferente só por causa de um papo maluco de fim do mundo?

Ontem a Camila deitou perto de mim. Senti um pouco de culpa agora que a irritação passou. Acho que vou devolver a Bíblia dela. Não tem sentido eu ficar enchendo o saco da coitada por isso. E quando ela chegou até mais perto e encostou-se em mim, fiquei mais sem graça ainda. Ela só queria um pouco de calor, nesse lugar que é mais frio dentro das pessoas que fora. Todo mundo aqui perdeu um pedaço, morreu um pouco, alguns acho que perderam tantos pedaços que nunca mais vão se recuperar.

Talvez seja melhor dar um pouco de atenção pra Camila. Talvez até ouvir a mensagem dela, fingir que eu acredito, só para ter alguém pra conversar. Eu nunca fui muito de acreditar antes da gente parar aqui. Hoje não dá para acreditar mesmo. Simplesmente não dá. Acho que na verdade eu tenho um pouco de inveja da Camila, por ela continuar acreditando em alguma coisa depois de tudo.

Chegamos tarde no domingo e eu fui direto para o meu quarto. Nem desfiz as malas, só dei boa noite para os meus pais e fui me deitar. Aquela viagem tinha sido muito boa e por isso eu estava bem mais tranquilo.

Acontece que mesmo assim eu estava meio nervoso ainda, depois do negócio de entrar na luz amarela pra buscar o Wedge. E ficava pensando nisso e tudo. Eu ficava deitado na minha cama e pensava, esperando o sono chegar e ele não chegava. De repente, ouvi o barulho de asas de inseto, pelo barulho devia ser inseto grande, talvez até uma baratona.

Pô, barata no meu quarto, no escuro, ainda mais voadora, logo na hora que eu ia dormir, não rolava. Pulei da cama e acendi a luz do quarto. Não encontrei o bicho, mesmo procurando em todos os lugares. Acabou que eu desisti e fui dormir.

No escuro eu ainda ouvi o zumbido das asas umas duas vezes, mas eu não fiquei tão nervoso assim, de repente eu não ligava mais, pois eu meio que já sabia que o bicho devia estar com muito mais medo que eu.

Quando fui perceber eu já nem percebia mais nada, porque eu estava dormindo e nem sabia. Então eu sonhei que tinha asas grandes e grossas, como as de barata e voava para longe, passando por cima da Serra do Curral.

Acordei ainda leve, meio por causa do sonho. Virei a cabeça para o lado da parede, sem querer, e dei de cara com uma enorme Esperança.

— Então foi você que tava me atrapalhando de noite, né?

E a Esperança nada, fingindo que nem era com ela. Lembrei de quando eu era mais novo e fui com meus pais pelo interior de Minas. Era muito mais fácil topar com as Esperanças.

Acho que por causa disso minha mãe falava que o pessoal do interior era muito mais sortudo que a gente.

Eu tinha percebido que a janela do meu quarto estava fechada. Eu logo iria para a escola e a Esperança ficaria presa. Com cuidado, tentei segurá-la pela ponta das asas, mas ela escapou e pousou no meu peito. Aproximei a mão lentamente, mas o inseto escapou de novo, voando na direção da janela. Senti pena da Esperança se debatendo contra a vidraça. De repente, ela se aproximou e de um jeito gracioso aninhou-se nas costas da minha mão esquerda. Com medo de assustá-la, abri bem devagar a janela e coloquei minha mão para fora. Estendi e sacudi meu braço, mas o inseto parecia ter gostado de ficar ali. Então passei a observar suas formas e contornos.

Acho até que a Esperança estava gostando de ser examinada assim. Aproveitava para alisar com as patas seu corpo longo e esguio. Ficar olhando para aquele inseto dava uma tranquilidade danada! De repente, ela então cansou e partiu num voo gracioso até a árvore mais próxima, onde sumiu entre a folhagem.

Fui para a escola mais feliz. Naquele dia, toda a preocupação ficou em casa.

Cheguei no Instituto e tudo parecia estranho pra caramba. Muita gente tinha faltado, principalmente depois daquilo que aconteceu na festa e tudo que estava saindo nos jornais. *Facebook, Instagram* e *Twitter* não falavam de outra coisa. Eu só queria esquecer o ocorrido, encontrar a Larissa, falar um pouco com ela.

Encontrei o Wedge na sala de aula. Ele me contou que o Mauro já estava bom, que ele acordou no sábado, a Paula também, assim como um monte de gente. Ninguém sabe o que fez o Mauro acordar, mas ele foi liberado e estava em casa, com quinze dias de atestado.

— Cê teve alguma experiência depois... daquilo? — perguntei.

— Tive — respondeu Wedge. — Eu não queria, Arthur. Não depois do que aconteceu com todo mundo. Não importa se rolou no mundo inteiro e até na Lua. Eu mexi com a cabeça do pessoal e nem vi que tava fazendo isso. Não sabia o que tava fazendo e quase matei alguém.

— Cê tem que esquecer isso, Wedge. A culpa não foi sua por isso mesmo. Cê não percebe que essas coisas aconteceram e vão acontecer mesmo que a gente não queira?

— Como assim?

— Como foi que cê teve o contato com a outra luz? Que cor era?

— Era azul, mano, só que não daquele mesmo azul. Era uma cor diferente, mais forte. Eu tava no banho e a água começou a brilhar, como se a aura saísse dela.

— E o que rolou depois disso?

— Eu viajei, cara, viajei muito. Eu vi e senti tanta coisa que nem dá para descrever. Só que foi... bom. Eu senti paz.

— Comigo foi assim também, Wedge. Não adianta fugir do que tá rolando, disso tudo. A gente vai atravessar isso até o fim.

— Até o fim? Como assim?

— Não posso dizer pra você agora, velho. Não agora, sério. Ainda não tenho cem por centro de certeza, mas acho que falta só mais uma luz para tudo acabar.

— Arthur, que conversa estranha é essa?

— Cê vai saber, fica tranquilo.

Eu mesmo estava tão calmo que nem me reconhecia mais. Tudo bem que não era aquela calma satisfeita e tal, eu estava era sentindo uma profunda aceitação. Sabia que o Calendário Maia não tinha nada a ver com o que estava acontecendo, apesar deles terem chutado e quase acertado. A gente só precisava esperar o momento certo.

Na verdade, eu não sabia que não ia ter tempo para me preparar. Eu achava que o fim só viria mesmo depois da última aura, não durante. Por isso, fui mais descuidado com os preparativos. Meu maior desejo era encontrar a Larissa e levá-la comigo.

Só que ela não apareceu na segunda-feira e ninguém na sala tinha o número do celular dela. Ou talvez alguém tivesse e não quisesse me passar. Até pedi para o Wedge deixar um recado no perfil dela *Facebook*, para ver se ela entrava em contato comigo. Durante a manhã, nuvens escuras começaram a se ajuntar, deixando o dia muito sombrio. Quando a sirene do último horário tocou, dava para ver que ia cair um temporal.

Eu corri para o ponto de ônibus e ainda peguei um pouco de chuva, mas o pior era o vento forte, que parecia querer arrancar as árvores. Entrei no ônibus, que por sorte passava logo no mesmo momento que eu chegava ao ponto.

Choveu pra caramba naquele dia; um dia antes do fim. Parecia que o céu era um toldo de água desabando de uma vez sobre a cidade. Na Internet, o povo brincava que era o dilúvio e que o mundo ia acabar era com aquela chuva.

Eu só queria saber de dormir, esperar o dia seguinte para ver se eu conseguiria falar com a Larissa. Quase não dormi à noite, enquanto ouvia o som da água batendo na vidraça da janela. Sonhei com todo o pessoal da escola, todo mundo junto, no que parecia ser a formatura do Fundamental. Só que de repente ninguém mais tinha rosto e eu não conseguia mais descobrir quem era quem.

Acordei assustado. Aquele sonho tinha parecido até um tipo de sinal. Bem, se eu tivesse interpretado assim, estaria melhor preparado para aquele dia. Só que apenas saí de casa um pouco desconfiado, com minha mochila escolar cheia de cadernos e sem nenhum livro.

Não deu tempo nem de chegar na escola. Eu tinha descido do ônibus e caminhava para o Instituto quando senti minha nuca formigar, mais uma vez. Olhei em redor e nada parecia diferente, apenas o céu brilhava de uma forma estranha, numa cor totalmente diferente. O céu estava violeta. E foi naquele momento que eu me toquei que aquela era a última aura e estava sobre todos ao mesmo tempo, pois não havia lugar que esse raio violeta não alcançasse.

Meu corpo todo tremeu quando eu pude ver as nuvens se afastando e um ponto de luz azul surgindo no infinito daquele céu de cor violeta. Esse ponto azul era uma esfera que aumentava de tamanho a cada minuto.

Um horror me preencheu quando ouvi em minha mente o som de um monte de vozes gritando, não conseguia ouvir nada além disso e do som do que parecia ser alguma coisa se estraçalhando, mas alguma coisa tão grande quanto o céu. Percebi então que eu gritava junto com todo mundo, e de alguma forma eu sabia que o Wedge, onde quer que estivesse, não gritaria.

E quando olhei para cima, vi que o céu estava se estilhaçando de verdade e os pedaços caíam como bolas de fogo, meteoros mesmo, iguais àquele filme, Armagedom. E aconteceu que eu percebi, mas não sei como, que não eram pedaços do céu, nem meteoros, mas partes da própria realidade, que se desfazia, enquanto aquela gigantesca esfera azul se projetava no céu despedaçado e violeta, um enorme planeta, que parecia estar prestes a engolir a Terra.

Senti meus pés se despregando do chão, enquanto o tempo parecia ter parado. Era como se eu voasse, ou flutuasse além da lei da gravidade. De repente, não havia mais ninguém gritando e foi assim que apaguei.

MUNDO PERDIDO

"Não tenho medo do escuro,/ Mas deixe as luzes acesas agora,/ O que foi escondido é o que se escondeu,/ E o que foi prometido,/ Ninguém prometeu./ Nem foi tempo perdido;/ Somos tão jovens!"

Tempo Perdido, Legião Urbana

Enfim, foi mais ou menos assim que eu vim parar aqui. Não tenho quase nada mais para contar, a não ser que acordei no meio de uma floresta, olhei para cima e descobri a Terra lá no alto, enorme e meio redonda, sem o azul dos mares que davam tanto charme ao nosso planeta. Fiquei muito tempo olhando para cima, tentando aceitar o que estava diante de mim, orbitando este outro lugar, esta outra Terra onde vim parar.

Não sei por quanto tempo eu continuei lá, olhando aquilo tudo que eu nunca mais vou ver, tudo o que eu queria ter feito, os lugares que teria conhecido, e agora tão nítidos, como um esqueleto de um planeta que antes havia sido cheio de vida...

Depois de um tempo, deixei que meus pés me levassem para frente, sempre para frente, até que eu encontrei esta caverna, já com algumas pessoas. Outras chegaram depois, como a Camila, a Ritsuko, o tal samurai, um casal de russos.

Ainda sonho com minha vida antiga, que estou em casa, com meus pais, jogando baralho ou simplesmente conversando. Minha mãe sempre sorri no sonho, mas nunca fala nada. Apenas olha pra mim e continua com aquele sorriso que era mistura de amor e prontidão. Costumo sonhar muito também com as luzes. Nesse sonho, o grande momento é quando o Wedge, antes de tocar na luz vermelha, olha pra mim, pra dizer: Tu sabia, Arthur, tu sempre soube.

E nesses dias que eu acordo e penso nas luzes, fico imaginando tudo o que elas fizeram com a gente. Tenho minhas teorias. Lembro naquela viagem da luz amarela quando vi o que acredito ter sido este grande planeta, um planeta que é muito maior que a Terra, não sei quantas vezes maior, quando vi este planeta, uma frase acabou se formando em minha mente, quando pensava naqueles mitos bíblicos sobre o Jardim do Éden e a Arca de Noé e todas essas histórias que ninguém entende e naquela hora uma frase se formou e eu escutei minha própria voz dizendo: "A Terra vai voltar; a outra.".

E eu não consegui entender de todo, talvez eu tenha entendido e não tenha aceitado, porque não tinha nada que eu podia fazer a não ser sobreviver e foi isso que eu fiz. E agora que eu estou acabando a história, estou sentado na entrada da nossa caverna e olho para tudo o que sempre vai ser novo e diferente para mim e mesmo assim ainda é minha vida de agora em diante.

Além da caverna, se estende um vale que é tão grande que chega a doer. Sinto falta daquele horizonte também, além das outras coisas que já disse aqui. Tudo aqui é muito grande e largo que nem no filme "Avatar", ou até mais exagerado. Mais motivo para sufoco. Estou ficando mesmo um fresco, igual essas pessoas que reclamam de tudo.

Vi que desde que comecei a escrever, não paro de reclamar, estou ficando maluco, igual a Camila e as orações dela, o papo de Bíblia e o choro de madrugada. Eu ainda sou o único que entende português e já nem falo com ela mais. Aliás, ninguém aqui, ninguém parece que precisa muito, já que ninguém entende mesmo, então é desperdício de tempo e de saliva.

A gente sai, entra no mato, busca comida e volta. Às vezes um de nós some, mas ninguém comenta, nem murmura ou reclama. Só a Camila, que é uma poia mesmo e ninguém liga para o que ela fala. Tem vez que aparece gente nova, diferente. Antes um de nós tentava conversar com o recém-chegado, mas logo via que não dava para se acertar porque até agora só vi pessoas falando russo ou japonês, além da idiota da Camila.

Chove quase todo dia, mas não tanto quanto chovia antes. As nossas roupas tão uns mulambos, a gente parece um monte de sem-teto esfarrapado, mas teto a gente tem.

Vez por outra, eu penso em sair daqui e ir andando até achar alguém que pelo menos fale inglês ou espanhol, sei lá, talvez até levar a Camila comigo, mas eu ainda lembro quando vi esta Terra do alto. Ela é muito grande, nós íamos passar a vida inteira sem conseguir dar a volta nela.

Enquanto isso, penso que o Wedge pode estar por aí, pensando as mesmas coisas, se culpando pelos absurdos, achando que devia ter ficado para trás, na Velha Terra, que agora é branca, ou cinzenta ou amarelada, que fica cheia, minguante ou nova, como era a Lua quando a gente olhava lá da outra Terra.

Fico imaginando se daqui a cinquenta mil anos ou mais os novos cientistas daqui vão observar a Velha Terra com seus telescópios gigantes. Será que ao verem os esqueletos dos prédios e as enormes crateras que antes eram os oceanos, eles vão saber que aquele um dia foi nosso lar, ou vão ficar bolando teorias ridículas?

E penso se o Mauro está com o Wedge, ou se é algum religioso maluco ou não tem ninguém que fale português.

E aí fica ainda mais difícil contar tudo, ainda bem que eu praticamente estou chegando no fim dos cadernos. Talvez eu continue a escrever, mas vai ser com carvão nas paredes da caverna, como alguns dos nossos companheiros já fazem. Ficam rabiscando seus sinais em silêncio, desenhando suas figuras desengonçadas.

Imagino que tudo da Velha Terra morreu, não somente os bilhões de pessoas, mas nossa própria alma agora é uma pedra morta, enorme, girando no espaço ao redor deste planeta.

Este talvez seja o nosso último testamento, se algum outro sobrevivente não tiver contado sua própria história. E se por acaso alguém tenha feito isso, que toda esta história confusa contida nestes cadernos pelo menos seja um epitáfio a tudo aquilo que perdemos. A tudo aquilo que jamais voltará.

AGRADECIMENTOS

Para Norma de Souza Lopes, Rodrigo Teixeira e Luciana Ferreira pela leitura atenta. Agradeço também a você, leitor, por chegar ao final do livro.

- editoraletramento
- editoraletramento.com.br
- editoraletramento
- company/grupoeditorialletramento
- grupoletramento
- contato@editoraletramento.com.br

- editoracasadodireito.com
- casadodireitoed
- casadodireito